Virtuellement sincères

Ou

L'écrivain, la femme, son mari et son amant

Deux actes et trois tableaux

Jean-Baptiste Seigneuric

© 2016, Jean-Baptiste Seigneuric

Edition : BoD - Books on Demand
12/14 rond-point des Champs Elysées, 75008 Paris
Imprimé par Books on Demand GmbH, Norderstedt, Allemagne
ISBN : 9782810627301
Dépôt légal : Février 2016

Virtuellement sincères

Les personnages

Jean : l'écrivain

Marie : la femme

Julien : son mari

Jules : son amant

Un salon

Acte I
Eux

Premier Tableau

JULIEN

Un homme seul assis. Il regarde sa montre. Quelques instants. Puis un second entre. Ils se regardent quelques instants.

Jean *fait le premier pas, semble hésiter et tend la main à l'autre homme en se présentant.*
Bonjour. Jean !

Julien *se lève et serre la main de Jean.*
Je suis Julien, le mari de…

Jean *le coupe, gêné*
Oui, je sais.

Un temps d'observation mutuelle.

Julien
Alors, c'est vous ?

Jean
Qui moi ?

Julien
Son fameux Hokhem ?

Jean
Fameux, je ne suis pas sûr. Hokhem, non plus. D'ailleurs, personne n'a jamais su ce que c'était vraiment un Hokhem.

Julien
Marie aime ce qui est compliqué.

Jean
On est tous un peu pareils.

Julien
Certains plus que d'autres.
Un temps
Vous savez, j'aurais pu être jaloux de vous.

Jean
J'imagine.

Julien
Ma femme parlait souvent de vous en ami. Souvent, et beaucoup trop. Vous la conseilliez, l'écoutiez. Par certains côtés, j'avais l'impression parfois que vous preniez ma place.

Jean
Bien involontairement, croyez-le.

Julien
Mais au fond, vos enfantillages, votre camaraderie de cour de récréation, c'était pas un problème. J'avais des raisons plus sérieuses d'être jaloux. Vous avez de la chance. Même si au fond, je me demande si elle n'aurait pas été capable de me tromper avec deux hommes en même temps.

Jean
Pas avec moi en tous les cas. Je peux vous assurer que l'idée n'a effleuré personne.

Julien
Je préfère l'entendre de votre bouche. Ça sonne plus juste. Mais ça n'enlève pas le doute. Au point où j'en suis. Vous étiez quoi pour elle ?

Jean
Juste son confident.

Julien
Un de *ses* confidents.

Jean *un peu vexé*
Vous faites bien de me le rappeler. C'est une de ses spécialités : faire croire à chacun qu'il est au centre pour mieux s'approprier toutes les attentions.

Julien
Au centre des attentions, et au centre du lit aussi. Alors que le centre…

Jean
Oui je sais. Et les autres, rien que des électrons qui gravitent autour. Captifs, aveugles. Et chacun se croit unique.

Julien
Vous le premier. Si proche du noyau, mais hors de portée. C'est déjà ça si vous vous en rendez compte. Et pourtant, vous êtes là. Malgré tout… Pourquoi ?

Jean
Je n'en sais rien. Peut-être tout simplement pour essayer de comprendre. Comprendre quelle était ma place…

Julien *le coupe*
On n'est pas là pour se raconter des histoires. J'en ai assez entendu ces derniers mois, sous les prétextes les plus mauvais. Elle est passée maître là-dedans. Alors, offrez-moi un peu de sincérité, ça me changera.

Jean
Je ne sais pas, je ne la connais pas assez.

Julien
Faites-moi surtout le plaisir de ne pas la défendre.

Jean
Je ne vous connais pas non plus. Mais je n'ai donc aucune raison de penser qu'elle soit défendable pour ce qu'elle vous a fait.

Julien
Merci. Finalement, vous n'êtes pas si déplaisant que je l'avais imaginé.

Jean
Si vous le dites. Je ne pensais pas en venant ici que je risquais de prendre un poing sur la figure.

Julien
Il faut s'attendre à tout de la part d'un homme bafoué. Parfois on se trompe délibérément de cible à force de ne pouvoir atteindre celle qu'on vise. Juste pour avoir la satisfaction de mettre au moins une fois dans le mille. Vous ne savez pas à quel point je souffre.

Jean
J'imagine.

Julien
Restez-en à l'imagination, c'est déjà bien assez pénible. C'est une torture de chaque instant. Imaginer ce qui s'est passé… Tous ces instants qu'elle m'a volés. Ce qu'ils m'ont pris, personne ne pourra jamais me le rendre. Et imaginer que maintenant ça peut se reproduire à n'importe quel

moment, avec n'importe qui, quoi qu'elle dise, qu'elles que soient ses promesses. Il y a mille souffrances en une, mille plaies en un seul mot. Une trahison de chaque instant. Et je ne parle même pas de l'amour propre : mon orgueil, ça fait longtemps que je l'ai mis de côté. Ça ferait trop d'un coup. Ma souffrance, elle est déjà bien assez grande en imaginant ce qu'elle a pu faire avec un autre. Pour le moment ça ne va pas plus loin. Heureusement ! Sans quoi je crois que je pourrais devenir fou.
Alors si vous n'avez pas vécu ça, vous ne pouvez pas comprendre, et je ne vous conseille pas de l'imaginer.

Un temps

Julien
Vous croyez qu'elle sera à l'heure ?

Jean
Forcément non

Julien
Pourquoi en être si sûr ?

Jean
J'en suis certain. Nous faire attendre comme ça tous les deux ensemble n'est pas innocent.

Julien
Oui, bien sûr.

Jean
Innocente. Elle a dû l'être quand même un jour.
Un silence
Mais après tout qui peut se vanter de le rester ? La naïveté, c'est presque une tare de nos jours.

Julien
Ben oui.

Jean
Vous m'en voulez ?

Julien
De quoi ?

Jean
Ma femme, elle m'en veut. Terriblement.

Julien
Pourquoi ?

Jean
C'est difficile à expliquer. Mais je la comprends, et je m'en veux. Ce qui s'est passé entre Marie et moi.
Un silence
En fait rien justement, et c'est peut-être ça le plus inquiétant. Ça a commencé tout simplement. Elle m'a demandé un avis, puis un conseil. D'abord, c'était professionnel. Un échange de numéros de téléphone, puis d'adresses mail. Des courriels, des tchats. Et puis trop vite, c'est devenu plus intime. Nous avons échangé quelques confidences, le plus souvent à sens unique d'ailleurs. Elle parlait d'elle. Ça a glissé, insidieusement. Il y a eu un autre soir, puis un autre encore. À la fin, c'était tous les soirs, le jour, la nuit. À n'importe quel moment, sous n'importe quel prétexte.

Julien
Eh ben !

Jean
Mais jamais rien de répréhensible, sinon la fréquence, l'intimité, le ton : celui de la confidence. Avec le recul, c'était trop, sans fondement. Notre relation était creuse. Mais d'un vide qui masque quelque chose de plus mauvais, de plus pervers. C'est ce que pense ma femme. Elle se trompe rarement. Et même si je ne l'ai pas trompée… il y avait une certaine forme de trahison. Et puis il y avait surtout la dépendance, ce berceau de l'illusion. Celle d'une fausse complicité.
Un silence
Alors, vous pourriez m'en vouloir, vous aussi ce serait normal. Pour tout ce temps que je vous ai volé, que j'ai volé à ma femme pour une autre qui n'était pas la mienne. Au fond oui, pour tout ça vous pourriez m'en vouloir.
C'est comme une chaîne : si on vous en veut, il faut bien se décider à la fin par en vouloir à quelqu'un d'autre, et ainsi de suite. On n'aime jamais souffrir seul.

Julien
Oui.

Jean
C'est agaçant. C'est un manque flagrant d'injustice, alors on finit par rétablir l'équilibre, presque spontanément.

Julien *agacé*
Ne continuez pas sur cette voie-là. Sinon ça finirait bien par me donner l'envie de vous le mettre sur la figure mon poing. Et finalement pas si gratuitement que ça. Je ne suis pas sûr que j'aurais moins mal, mais c'est sûr que je me sentirais moins seul.

Un temps. Jean regarde Julien de biais.

Julien
D'accord… De quoi on parlait ?

Jean
Ah oui, pardon. Je vous demandais si vous m'en vouliez.

Julien
Je lui en veux déjà bien assez à elle. Et je pense que c'est suffisant. Vous savez, moi elle m'a trompé avec un autre, sur toute la ligne, intégralement. Sa bouche partout sur son corps à lui. Sa peau offerte complètement à l'autre, lui qui n'avait rien fait pour la mériter sinon qu'être là au mauvais moment. Et ces endroits qui auraient dû rester secrets, même dans l'imagination des autres hommes, elle les lui a offerts. C'était portes ouvertes ! Elle a fait avec lui ce qu'elle avait un jour juré de ne faire qu'avec moi.

Jean
Juré ?

Julien
Ben oui, juré, ce n'est pas ça le mariage après tout ? Vous avez bien juré vous aussi ? Vous n'êtes pas comme elle au moins ?

Jean
Comment comme elle ?

Julien
Parjure ?

Jean *un temps, soucieux*
Non, je ne crois pas.

Julien
Tant mieux !
Un silence
Elle m'a trompé, et je lui ai pardonné. Et elle a recommencé. C'était plus fort qu'elle.

Et je lui ai pardonné à nouveau.

Jean
C'était plus fort que vous.

Julien
Alors, elle a recommencé. J'en peux plus de souffrir.

Jean
Elle dit qu'elle souffre elle aussi.

Julien
Peut-être, mais surtout, elle le fait bien savoir… à des gens comme vous. Des gens qui l'écoutent, qui la réconfortent. Des gens qui la confortent. Vous lui offrez une sorte de légitimité avec votre oreille docile. Et puis tant pis si elle souffre, je m'en fous ! Elle, elle a choisi. Après tout, elle assume. Moi, elle m'a rien demandé.

Jean
Peut-être même pas de lui pardonner la première fois. C'était peut-être la fois de trop ?

Julien
Je ne sais plus. Mais je voulais la garder, je voulais y croire.
Un temps
Vous y croyez vous à cette formule ?

Jean
Laquelle ?

Julien
L'amour de sa vie.

Jean
Elle est l'amour de votre vie, c'est ça ?

Julien
Ce n'est pas la question. Elle veut partir avec l'autre, parce qu'elle me dit qu'il est l'amour de sa vie. Vous y croyez vous à ça ?

Jean
Ah oui, cette formule, ce grand concept romantique ? Ce n'est pas nouveau. Ça fait des siècles qu'on se la sert à toutes les sauces pour expliquer tous les chagrins et légitimer toutes les trahisons. C'est surtout à ça que ça sert de nos jours.
Se reprenant

Pardon, je ne voulais pas.

Julien
Ben non bien sûr. Elle non plus d'ailleurs. Elle ne voulait pas. Et pourtant, elle a…

Jean
C'est idiot, quand même nous faire attendre ici, vous et moi, c'est extrêmement gênant.

Julien
C'est le privilège des femmes… Vous êtes là pour la conseiller ou un truc dans le genre non ? Une sorte d'arbitre ?

Jean *hausse les épaules*
Quelque chose comme ça. Mais quand même, ce n'est pas mon rôle.

Julien
Si elle l'a décidé… Après tout, si ça peut la faire changer d'avis. Et puis vous êtes venu, donc vous avez accepté.
L'amour de sa vie… Et dire qu'un jour, pour qu'elle décide de m'épouser, ça devait bien être moi l'amour de sa vie. C'est quand même bien un truc de femme ça, vouloir s'approprier les choses de toutes les façons possibles, même quand elles vous trompent.

Jean
On dit bien : la femme de sa vie. Ou l'homme d'ailleurs. Sacha Guitry disait à l'une de ses nombreuses épouses : *tu es la femme de ma vie, je ne suis qu'un homme de la tienne.* Et pourtant, il s'est marié cinq fois, sans compter toutes les autres occasions qu'il a sans doute eues de chanter le même refrain à d'autres.

Julien
Et qu'est-ce que ça peut me faire Sacha Guitry ? C'est déjà assez difficile de réfléchir tout seul, sans que des inconnus s'y mettent aussi.

Jean
Guitry, un inconnu ?

Julien
Vous l'avez connu personnellement vous ? Alors ! Et puis, ce genre de bonhomme qui écrit des trucs censément drôles sur les cocus. Déjà ça ne me faisait pas beaucoup rire avant, mais maintenant ! J'ai l'impression d'être sur scène, que chaque passant qui me croise dans la rue est un spectateur qui se réjouit de ma honte, prêt à rigoler dès que j'aurai le dos tourné.

Jean *qui regarde les spectateurs*
Allons, il n'y a que nous ici. Et surtout, je ne vois pas ce qu'il y a de drôle.

Julien
C'est bien ce que je dis. Et puis, elle est encore en retard. C'est bien son idée de ce qu'on vaut. Même pas la peine d'être à l'heure.

Jean
Allons, il est à peine quinze heures.

Julien
Justement. Quinze heures, c'est quinze heures. Quand vous avez un train à prendre…

Jean
Je ne prends jamais le train.

Julien
Vous avez bien de la chance.

Jean
Je ne voyage plus, c'est plus facile.

Julien
Ah bien, vous avez sans doute déjà tout vu. Monsieur est blasé, comblé par la vie. Un être supérieur, c'est sans doute pour ça qu'elle vous idolâtre au point de vous demander de nous conseiller. Vous faites quoi pour vivre ?

Jean
Drôle de question.

Julien
Je veux dire, vous avez un métier ?

Jean
Je ne sais pas comment on peut considérer ça : j'écris.

Julien
Oh ! Écrivain, c'est ça ? Je comprends que ça ait pu l'impressionner.

Jean
Vous savez…

Julien
Elle doit s'imaginer que vous savez mieux que personne démonter les ressorts de l'âme humaine ? Un horloger du cœur.

Jean
Vous dites n'importe quoi. Et vous, vous avez sans doute un vrai métier, quelque chose d'utile. Peut-être que vous sauvez des vies ? Moi, je ne sauve même pas des idées.

Julien
Qu'est-ce que ça peut vous faire que je sauve des vies ou que je débouche des lavabos ? Ça n'a aucune importance.

Jean
C'est vrai. Mais c'est vous qui m'avez demandé.

Julien
Je voulais essayer de comprendre pourquoi elle vous avait choisi. Vous êtes quoi pour elle ? C'est quoi un Hokhem ? Un vieux philosophe pour midinette ?

Jean
Marie n'est pas une midinette, ce serait trop facile. Et je ne serais pas là. Passons sur le qualificatif vieux. Philosophe, j'en aime la pensée. Mais pour être sage, il faudrait que je croie sincèrement à tout ce dont j'essaie de me persuader chaque jour. Et si je l'étais suffisamment, je ne serais pas là non plus.

Julien
Vous doutez vous aussi. C'est une de ses grandes capacités : faire douter les autres.

Jean
Vous exagérez. Moi-même je ne comprends pas trop, je vous l'ai dit. Pas facile... Je ne suis sans doute pas assez vieux comme vous dites pour avoir la distance nécessaire.

Julien
Oui, ça je le sais : vieux, mais pas assez... mais vieux quand même. Elle me l'a expliqué dans tous les sens. Et au fond ce qui compte, c'est qu'elle n'ait pas voulu coucher avec vous.

Jean
C'est que je ne lui ai pas demandé.

Julien
Parce que vous imaginez quoi ?

Jean
Je n'imagine rien. Je ne lui ai pas demandé, alors je ne suis pas en mesure de vous donner la réponse. Il y a plusieurs angles pour aborder la question. J'aurais pu lui demander directement, comme vous dites, et là je pense que je peux vous donner sa réponse. Mais j'aurais pu essayer, c'est une méthode beaucoup moins directe, mais qui porte plus souvent ses fruits. Les choses ne ressemblent pas forcément à ce qu'elles sont lorsqu'on oublie de les nommer.

Julien
Qu'est-ce que vous voulez dire ?

Jean
Ce que je veux dire ? Voyons, c'est comme pour Jules. Elle dit qu'il est l'amour de sa vie. Et au fond en s'en persuadant, lorsqu'elle couche avec lui, elle élude la tromperie : elle ne fait que l'aimer. Ce n'est pas une histoire de coucherie, puisqu'il s'agit d'amour. C'est d'une autre dimension même si ça reste une histoire de cul, passez moi l'expression. Et dans sa tête ça se justifie : au fond c'est pardonnable.

Julien
Et c'est moins répugnant peut-être ?

Jean
Non pas pour vous : pour elle c'est plus simple. Et peut-être qu'au fond elle ne sait pas elle-même quelle est la valeur de ses sentiments pour lui. Et qui peut se vanter de savoir détacher véritablement les choses des considérations physiques ? On a beau regarder au-delà de la barrière, il persiste tout de même un voile.

Julien
C'est trop compliqué, je ne vous suis plus.

Jean
Tant pis, j'essayais d'être clair.

Julien
C'est raté. Et elle, dites-moi ? Qu'est-ce qu'elle est pour vous ? Puisque vous ne la désirez pas ?

Jean
Je n'ai pas dit ça.

Julien
Je...

Jean
Mais je vous le dis maintenant. Ce qu'elle est pour moi ? Je ne sais pas. Ce qu'elle représente ? Une fille perdue, tellement perdue qu'elle ne sait plus quoi faire, ni à qui se confier, qu'elle ne sait plus où chercher un secours.

Julien
Ni où coucher ! Et n'essayez pas une nouvelle fois de la défendre, c'est insupportable.

Julien
Marie est cette petite sœur que je n'ai pas su aider. Sa confiance me conforte et son admiration me flatte.

Julien
Vous flatte ? Vous avez votre femme pour cela. Vous avez votre femme sur qui veiller, à conseiller. Vous avez votre famille. Ça ne vous suffit pas ?

Jean
Bien sur, mais malgré cet amour exclusif et mon dévouement à ma femme et à ma famille, c'est bon de se dire qu'on est capable en plus d'aider quelqu'un. Savoir qu'une personne de plus compte sur vous, sans que ma femme jamais n'ait à souffrir un seul instant d'un défaut de ma part pour ce que je donnerais à Marie de mon temps ou de mon empathie.

Julien
Ça, c'est ce que vous dites. Et vous vous trompez, car vous avez dit vous-même que votre femme avait souffert. Vous ne l'avez pas trompée, mais vous l'avez trahie.

Jean
C'est ce qu'elle pense.

Julien
Justement, ce qu'elle pense au fond, n'est-ce pas là la seule vérité ? Si elle a souffert de votre comportement, c'est que vous l'avez trahie. C'est tout.

Jean
Tout dépend de quel point de vue on se place je vous le concède. Mais d'un point de vue de la morale, je n'ai pas eu…

Julien
Du point de vue de la morale ! Arrêtez ! Vous parlez comme un livre, j'ai l'impression d'être à l'église, ou pire, à l'école ! Je ne comprends rien.

Jean
Pas grave, je me comprends. Ma femme, pas toujours.

Julien
Alors, reconnaissez que ce n'est pas très logique. Elle n'a pas à souffrir d'après vous et pourtant si. Elle a souffert, et peut-être autant que moi finalement. Il suffit qu'un doute persiste pour elle.

Jean
Il n'y a rien de logique là-dedans. Si Marie était un homme ? Un ami dans le besoin que je me propose d'aider ? Cela vous choquerait moins ?

Julien
Vous connaissez ma femme depuis moins d'un an, comme amitié c'est léger non ?

Jean
Qu'est-ce que le temps en regard de la correspondance des êtres ?

Julien
Ah bien, la correspondance ! Ça y est ! Les grands mots ! Correspondance, complicité, connivence… Connerie oui ! Vous êtes l'ami de sa vie c'est ça ? Ce sont vos âmes qui papotent le soir sur Internet ? Vous êtes le troisième homme ?

Jean
Je ne suis pas le troisième homme. Et je n'ai rien à voir dans votre histoire vous êtes deux dans la sienne et c'est déjà trop. Vous voyez bien qu'il n'y a de place pour personne d'autre.

Julien
Alors pourquoi êtes-vous là ?

Jean
Parce qu'elle me l'a demandé.

Julien
Bon ben alors, elle n'a plus qu'à arriver pour qu'on puisse enfin savoir. De toutes les façons, je n'y crois plus.

Jean
Plus du tout ?

Julien
Non.

Jean
Je pense que si, sinon vous ne seriez pas là à attendre et à vous ronger, comme si votre vie en dépendait. Parce que votre vie en dépend justement.

Julien
Peut-être.

Jean
Pas peut-être, c'est certain : votre vie dépend à cet instant précis du moindre de ses agissements. Tout ce qu'elle vous a fait endurer est une longue plaie vive, vous pensez sincèrement que vous ne supporterez pas de verser une larme de plus par sa faute. D'un autre côté, vous êtes comme un petit chien qui guette le moindre sourire qui pourrait vous redonner confiance. Il n'est pas question de dignité ni d'amour propre, juste de survie. Vous l'avez dit vous-même tout à l'heure, l'amour propre est laissé pour compte et c'est tant mieux : c'est votre chance. À cet instant précis, juste maintenant, il n'est pas question de savoir si elle est l'amour de votre vie. Elle est votre vie. Là, tout de suite, maintenant !

Julien
Et finalement, vous êtes un peu comme moi. Vous savez très bien ce qu'elle vaut. Et pourtant elle vous demande de venir et vous êtes là. Vous aussi vous attendez une petite caresse en bon toutou. Ce n'est pas plus glorieux au fond.

Jean
Je ne pense pas que ce genre de comparaison puisse aller bien loin. Mais vous, tel que je vous vois, votre vie est suspendue à elle, à son bon vouloir. Prêt à tout, et à n'importe quoi.

Julien
Si on vous écoute, tous les chagrins d'amour devraient finir en suicide peut-être ?

Jean
Théoriquement, oui.

Julien
Mais ?

Jean
Il faut pour cela que le sentiment soit sincère. Et puis, il y a fort heureusement toujours une part un peu triviale qui finit toujours par raccrocher les wagons. Pas dans l'espoir d'une situation meilleure, non. Simplement un petit accroc à l'âme qui fait qu'on tient malgré tout à cette vie qu'on était prêt à quitter à cause de l'être aimé. Il y a la paresse… et l'ego qui sauve aussi. L'ego est plus fort que tout. Tant qu'il y a de l'ego, il y a de l'espoir.

Julien
Vous croyez qu'il m'en reste à moi ? Après lui avoir passé tout ce qu'elle m'a fait ?

Jean
Certainement.

Julien
Et si vous m'aidiez moi au lieu de l'aider elle ?

Jean
Je ne suis pas là pour ça.

Julien
Et au fond, qu'est-ce qui m'empêche de vous casser la gueule ?

Jean
Rien, sinon peut-être une envie encore plus forte de casser celle d'un autre, ou même à la limite celle *d'une* autre.

Julien
Non, je l'aime trop pour ça. Mais maintenant, ce n'est plus supportable. Plus de confiance possible, je ne peux plus la voir sans détester son sourire et ses mensonges derrière. C'est l'impasse.

Jean
Il faut aller jusqu'au bout pour être sûr.

Julien
C'est-à-dire ?

Jean
Si vous imaginez que vous êtes prêt encore une fois à lui pardonner, faites-le. Ne gardez pas le moindre doute. Si elle recommence, la douleur ne sera pas si terrible au fond. C'est le premier coup reçu qui fait le plus mal. Le prochain ne vous coûtera pas grand-chose. À force, elle vous a anesthésié.

Julien
À quoi bon ? C'est sans fin.

Jean
Non, car c'est elle qui dira *stop* à la fin. Soit en n'acceptant plus votre pardon, détestant ce qu'elle prendra pour de la lâcheté ou autre chose, on s'en moque. Soit en finissant par revenir vers vous.

Julien
Impossible !

Jean
Si vous n'allez pas au bout, vous ne saurez jamais.

Julien
Comment vous faire confiance ? Je ne vous connais pas.

Jean
Je suis un homme comme vous, et je connais trop les femmes comme elle.

Julien
C'est-à-dire ?

Jean
Fragile…

Julien
Fragile ? Il y a un autre mot pour les femmes comme ça. La femme de l'autre elle le connaît bien ce mot. Et quand je l'entends, il me fait mal… mal comme une vérité.

Jean
Ne soyez pas vulgaire, c'est toujours votre femme pour le moment. Défendez-la au lieu de l'accabler. Ce qui est fait est fait, reste à savoir si vous êtes encore capable de regarder l'avenir.

Julien
Non, mais vous vous entendez : fragile ? Arrêtez avec ces excuses ! Vous la trouvez fragile ? Et c'est pour ça qu'elle s'amuse à tout casser ?

Jean
Elle ne s'amuse pas. Elle est comme vous, comme moi. Elle essaie avec ses armes d'arracher un petit lambeau de bonheur pour se dire qu'à la fin elle en aura eu assez pour mériter de se coucher comme une bête.

Julien
Arrêtez de la défendre ! Merde ! Et arrêtez de parler comme au théâtre. On est dans la vraie vie à, on ne joue pas !

Jean
Je ne la défends pas. Je dis que ce qu'elle fait, ce n'est pas pour vous faire du mal, elle ne s'en rend peut-être même pas compte.

Julien
Ce n'est pas pour ça que c'est plus excusable.

Jean
On fait tous pareils, chacun avec ses moyens et son courage.

Julien
Mais dites-moi ?

Jean
Oui ?

Julien
Au fond, qu'est-ce que vous pensez d'elle ?

Jean
Ce que je pense d'elle... rien. Je ne suis pas là pour vous dire ce qu'il faut en penser.
La première fois que je l'ai vue, je n'ai pas eu à penser. Il y avait chez elle une résonance subtile. J'aurais eu envie de m'asseoir à côté d'elle pour l'écouter, lui parler, car j'avais l'impression que nous avions beaucoup à nous dire.
Mais bien sûr, ce n'est pas ce qui s'est passé. Nous avons échangé quelques mots, des banalités. C'était ça la réalité : la banalité ! Et pourtant avec une impression qu'il restait à vérifier.

Julien
Et bien alors ? Si c'était si banal, pourquoi être allé plus loin ?

Jean
Parce que ce n'était qu'une part de mes impressions. Et dans la réalité, ça n'est pas allé plus loin. Même pas pour prendre le temps d'un café, ni pour se rendre compte de l'épaisseur de cette première impression. Non, même pas : nous sommes allés discuter ailleurs. Nous sommes partis dans le virtuel, sur une autre planète où nous étions seuls. On ne faisait de mal à personne. En théorie pas aux autres, sinon peut-être à nous même. Car sur cette planète-là, où nous perdions pied, la réalité cédait le pas à une autre. C'était peut-être plus discret, mais sur des bases fausses. Tout ce que je sais d'elle, je le sais d'une autre personne qui n'est pas elle et que je ne connais pas. Voilà tout le problème. Votre Marie et la mienne sont deux êtres complètement différents. L'une est de chair, l'autre une âme virtuelle qui répondait à la mienne. Du moins le croyais-je.
Un temps
Vous me demandez ce que je pense d'elle maintenant ?
Vous, vous pensez d'elle certaines choses. Et certainement pas les mêmes que ce que vous pensiez quand vous l'avez épousée. Vous pensez d'elle en mari, en amant, en aimant, en mari trompé, en père, que sais-je ? Ce que je peux en penser ne vous aidera en rien. Elle est comme elle est. Et parmi tous les hommes susceptibles de penser d'elle quelque chose, il n'y en a sans doute pas deux qui pensent pareils.

Julien
Bien sûr que si.

Jean
Ah ?

Julien
Tous ceux qui pensent à son cul.

Jean
Ben voyons. Alors vous, comme les autres.

Julien
Actuellement pas trop… enfin si. J'y pense comme cet appât mauvais qui a fait d'elle ce qu'elle est devenue aux yeux d'un autre. Et pourquoi celui-là en particulier ?

Jean
Parce qu'il était là au mauvais moment, vous l'avez dit. Ça aurait pu être n'importe qui.

Julien
Vous ?

Jean
Non.

Julien
Ah non ?

Jean
Non, je la dégoûte.

Julien
Et ça, ça vous embête quand même un peu.

Jean
Non, ça me tranquillise.

Julien
Pourquoi est-ce que les hommes sont davantage attirés par ce genre de femme ?

Jean
C'est bien, posez vous la question ! Au fond, vous aussi vous êtes comme les autres. Et il y a bien dû y en avoir d'autres avant vous. Et s'ils étaient moins officiels, ils n'en étaient peut-être pas moins légitimes… et malheureux.

Julien
Vous devenez grossier. Et puis vous noyez le poisson, vous ne me dites pas ce que vous pensez d'elle.

Jean
Je vous l'ai dit, je n'en sais rien. Je suis partagé. Entre une manipulatrice : une espèce de bête à mystifier qui bouscule tout sur son passage, qui roule de l'œil à qui l'écoute pour mieux lui raconter n'importe quoi. Une faiseuse d'histoire qui s'abreuve en toute bonne foi de ses mensonges.

Julien
Ou bien ?

Jean
Ou bien, et au fond ce n'est pas si différent : une grande naïve qu'on aurait jugée un peu bête à l'âge de quinze ans, et que certains trouvent

adorable de gaminerie aujourd'hui : parce qu'à son âge, pour être aussi naturelle, il faut nécessairement qu'elle soit pardonnable.

Julien
Ça ne m'avance pas.

Jean
Non ! Pour vous le crime reste le même. Après tout, le mobile on s'en fout. Il n'y a pas d'alibi. Surtout quand on récidive.

Julien
Qu'est-ce que c'est un Hokhem ?

Jean
Pardon ?

Julien
Un Hokhem, qu'est-ce que c'est ?

Jean
C'est elle qui vous en a parlé ?

Julien
Répondez…

Jean
C'est très compliqué à expliquer.

Julien
Allez-y toujours, essayez…

Jean
Je ne crois pas que ce soit bien utile.

Julien
Si si, allez-y. Je suis curieux de savoir.

Jean
Eh bien comment dire, c'est davantage un concept qu'un archétype…

Marie entre en coup de vent. S'arrête en voyant les deux hommes. Il y a une sorte d'interdit physique, elle les regarde l'un après l'autre et passe entre eux, ouvre la porte du fond et invite Julien à la suivre. Elle referme la porte sur eux. Jean est seul, soucieux et frustré.

Rideau

Deuxième tableau

JULES

Quelques minutes plus tard un autre homme. Pas du tout le même genre que Julien, plus grand, plus viril, plus sauvage…

Jules
Tiens, qu'est-ce que vous faites là vous ?

Jean
Vous me connaissez ?

Jules
Ben oui, vous êtes son… enfin… son machin quoi ! Le confident !

Jean
Et vous ?

Jules *ricane*
Jules !

Jean *froid*.
Son Jules ?

Jules *ricane*
Aussi ! Mais je m'appelle Jules.

Jean
Eh ben !

Jules
Eh oui, ça sonne presque pareil. Jules, Julien… Marrant non ?

Jean *distant*
Oui, oui.

Jules
À une syllabe près on avait le même prénom avec son mari !

Jean *cynique*
Bravo !

Jules
Bah, j'y suis pour rien. Vous c'est Jean, c'est ça ? Vous ne m'avez toujours pas dit ce que vous faisiez ici.

Jean
Elle m'a demandé d'être là.

Jules
Font chier les nanas.

Jean
C'est une façon de voir les choses.

Jules
Je ne dirais pas ça pour toutes, mais au fond certaines, sans qu'on ait besoin de chercher très loin.

Jean
Et parfois, même pas besoin de creuser.

Jules
Oui, on tombe tout de suite sur l'enveloppe, la croûte.

Jean
En même temps si on ne creuse pas, on tombe forcément comme vous dites sur ce qui est à la surface, c'est une évidence. Il n'y a pas de vernis, et ce sont celles qui se vantent le plus de leur simplicité qui sont les plus superficielles.

Jules *agressif*
De qui vous parlez là comme ça ?

Jean
Eh, eh, doucement ! Vous le savez bien, pas la peine de faire l'étonné. Je ne suis pas là par hasard, ni pour vous, ni pour moi. Je suis là parce qu'elle me l'a demandé.

Jules
Et ça sert à quoi que vous soyez là ?

Jean
À rien, je pense.

Jules
Eh bien, partez !

Jean
Non, elle me l'a demandé, alors je reste.

Jules
Ça ne vous fait pas chier de rester comme ça justement, à attendre son bon vouloir ?

Jean
Non, ce qui est pénible c'est votre grossièreté. Au fond, je la comprends.

Jules
Quoi ?

Jean
Non, rien. Vous me reprochez ma servilité ?

Jules
Ben oui.

Jean
Regardez la vôtre.

Jules
Elle est toujours mariée.

Jean
Ben oui, un petit singe malin : elle ne quitte jamais une branche sans être sûre que l'autre soit solide.

Jules
Ouais…

Jean
Pas comme vous. En même temps, on ne vous a pas trop donné le choix au fond. C'est votre femme qui vous a viré ?

Jules
Viré ? Je ne sais plus.

Jean
En tous les cas, si Marie navigue entre deux eaux, vous, vous êtes tout seul : vous avez déjà fait le grand saut, sacrifié les enfants, la famille…

Jules
Pas mes enfants.

Jean
Bien sûr que si, vous leur imposez à eux aussi des sacrifices, des souffrances.

Jules
On ne reste pas ensemble pour préserver les enfants, vous savez que ça ne marche pas.

Jean
J'imagine. Mais vous, vous cassez tout ce que vous avez construit pour une vulgaire histoire de cul. Et vous croyez que ça va marcher ?

Jules
Qu'est-ce que vous en savez ?

Jean
Je sais que non, c'est comme ça.

Jules
J'en doute.

Jean
Doutez si vous voulez, moi je sais, c'est tout.

Jules
Et je dois prendre ça comment ? Après tout, c'est pas votre problème ?

Jean
Je me mets juste à votre place, car j'aurais pu l'être aussi. Et je sais ce qui se serait passé, et comment ça se serait terminé.

Jules
Non, ça n'aurait pas pu arriver. Vous voulez que je vous dise ce qu'elle pensait de vous ? Physiquement au moins ?

Jean
Pas la peine, je sais.

Jules
Je peux vous le dire. De l'entendre, ça vous ferait peut-être quand même bien mal.

Jean
Pourquoi voulez-vous me faire mal ?

Jules
Comme vous l'avez fait en me disant que notre histoire n'avait pas d'avenir.

Jean
Si ça vous a blessé, c'est que vous savez que c'est vrai.

Jules
Que c'est possible en tous les cas. Comme pour vous avec votre femme.

Jean
Laissez ma femme en dehors de ça !

Jules
Alors, laissez Marie en dehors de ça !

Jean
Ben non justement, on ne peut pas la laisser en dehors, puisque nous sommes en plein dedans.

Jules
Au fond, les femmes n'aiment pas les gars trop gentils.

Jean
Non, vous avez raison, j'ai l'impression qu'à force ça les ennuie.

Jules
Que ça les emmerde carrément non ?

Jean
Oui, c'est pareil. C'est juste le vocabulaire qui change.

Jules
Vous l'aimez ?

Jean
Ce n'est pas parce que vous le croyez que ça vous autorise à me poser la question.

Jules
Ben si justement.

Jean
Non, vous ne m'avez pas compris. Je disais : ce n'est pas parce que vous croyez l'aimer que ça vous autorise à me poser la question.

Jules
Pas facile hein ?

Jean
Il suffit d'être sincère avec soi même.

Jules
Vous ne répondez pas à ma question.

Jean
Ça ne vous regarde pas.

Jules
Quelque part un peu non ?

Jean
Non pour le moment, ça peut à la limite intéresser son mari, ou elle. La sauter ne vous donne aucun droit.

Jules
C'est vous qui devenez vulgaire.

Jean
Aucun droit, ni légal, et encore moins moral.

Jules
Vous êtes sacrément chiant.

Jean
Je sais, j'ai tendance à le devenir quand on m'emmerde, comme vous dites.

Jules
Alors comme ça, c'est moi le mauvais garçon ?

Jean
Ni mauvais garçon, ni mauvaise fille, en tous les cas pas plus qu'un autre, ou qu'une autre. Ni noir, ni blanc. Ce serait trop facile. Chacun essaie de se comprendre dans l'autre. Le problème c'est que l'on ne fait pas les sacrifices là où il faudrait.
On est toujours attiré par ce qui est le plus facile.

Jules
Comment ça ?

Jean
Le neuf, le brillant, ce qui n'a pas été poli par la force de l'habitude.

Jules
Parfois, on n'a pas le choix.

Jean
On a toujours le choix.

Jules
Il y a toujours des sacrifices à faire.

Jean
Oui, mais on a tendance à sacrifier ce qui est le moins difficile à effacer, alors que c'est rarement la meilleure solution.

Jules
On ne le sait qu'après.

Jean
Non, c'est toujours la même rengaine. Marie s'en sortira toujours, regardez tous les mâles dans son périmètre : jeunes, vieux, fraternels, paternels, amicaux, désireux, libidineux. Et elle bien entendu, n'a jamais rien demandé à personne et reçoit toutes leurs intentions gratuitement, incapable de choisir et surtout de refuser ce qu'on ne peut pas accepter. Une tornade, incontrôlable une fois qu'elle est lancée.

Jules
Vous êtes jaloux.

Jean
Ça doit m'arriver, mais pas de vous en fait.

Jules
Difficile de l'admettre.

Jean
Non, non, je vous assure. Vous, je ne vous envie pas, je vous plains.

Jules
Comment ça ?

Jean
Si je parlais comme vous, je dirais qu'elle vous a mis plein de merde dans les yeux, comme à tous les autres. Comme à moi d'ailleurs. Une merde

différente pour chacun, qu'elle sert même sans esprit malin. Une petite fille avec ses jouets.

Jules
Facile comme image.

Jean
Oui, mais vous verrez. La seule chose qui pourrait consoler, mais qui au fond est bien triste, c'est qu'elle finira seule quand le charme aura cessé. Seule au milieu d'un champ de bataille.

Jules
Vous délirez.

Jean
C'est la peste ! Avec…

Jules
La beauté du diable.

Jean
C'est exagéré. Mais copieusement prétentieuse tout de même.

Jules
Vous êtes bien sûr de vous !

Jean
Et bien oui : 15 h 03 ! Elle est arrivée à 15 h 03 ! Quinze mars, le jour de son anniversaire ! Elle se vante d'y penser chaque jour avec une petite satisfaction. Et qui vous dit que c'est juste une petite ? Au fond, elle doit bien s'emmerder pour penser à ça chaque jour. Et quelle prétention !

Jules
Moi je trouve ça gentil.

Jean
Et non, même pas justement. Quand je me prends à la regarder, je ne comprends pas. Il n'y a rien que je déteste plus que la vulgarité, et pourtant…

Jules
Elle n'est pas vulgaire !

Jean
Excusez-moi d'en douter quand c'est vous qui le dites. Non, je ne l'ai pas vue comme ça au début. Et puis c'est sa vulgarité à elle qui a pris le

dessus, pas celle de son corps. Dans l'absolu je n'aurais jamais été capable de m'approcher de ce genre de femme.

Jules
Ça tombe bien au fond.

Jean
Possible. Mais tout n'est pas si simple. C'est quand l'esprit s'en mêle que ça devient plus compliqué.

Jules
Je ne comprends pas.

Jean
Ce qui s'est passé entre elle et moi n'aurait jamais dû arriver. Il y a eu ces premiers messages, au téléphone, sur Internet… Des conversations, soi-disant anodines, mais toujours plus fréquentes, plus intimes. Alors qu'il n'y avait aucune raison. Comme si nous étions différents avec la distance : dans une bulle virtuelle où nous aurions eu des choses à partager.

Jules.
Ouais, bon et alors ?

Jean
Et alors, ça ne peut pas fonctionner. Parce qu'il y a bien un moment où la réalité et le virtuel se rencontrent. Et c'est là qu'on se rend compte que tout est faux.

Jules
Tout ?

Jean
Suffisamment pour qu'il y ait un malaise. Après, il faut pouvoir s'en sortir. Faire en sorte de se rapprocher l'un de l'autre parce qu'on n'a pas envie de perdre ce que l'on croit avoir gagné. Même si c'est faux, même si c'est quelque chose qu'on croit mériter, et qu'on a simplement chapardé.

Jules
On fait tout pour tirer la réalité vers les vérités du virtuel ? Mais puisque ce ne sont pas des vérités…

Jean
On se plante. Voyez que vous arrivez quand même à raisonner un petit peu !

Un temps
Mais vous, vous êtes ancré, englué dans une réalité vraie. Jusqu'au cou. Vous croyez avoir gagné votre liberté, mais vous êtes plus piégé et plus vulnérable que jamais. Et peut-être que ce lien que j'ai avec elle, puisqu'il est resté virtuel, est plus fort que les autres, car il n'a pas été éprouvé par la réalité.

Jules
Ben si quand même un peu.

Jean
Ce qu'elle fait pour vous : ces mensonges à son mari, vous n'imaginez pas qu'un jour elle vous servira les mêmes quand elle voudra changer d'arbre ?

Jules
Ah oui, le singe, les arbres ! C'est ça ?

Jean *ignorant la dernière remarque de Jules*
Le mensonge est une maladie. Je le sais.

Jules
On en guérit parfois ?

Jean
Oui, mais c'est long, il faut de l'aide. Une aide sérieuse. C'est comme arrêter de fumer.

Jules
Vous avez fumé vous ?

Jean
Oui, mais pas suffisamment pour que ce soit impossible d'arrêter. Mais arrêter de mentir, c'est beaucoup plus difficile, surtout lorsqu'on s'imagine au départ qu'on le fait pour de bonnes raisons, c'est le mauvais tournant de l'engrenage. Après vous êtes foutu.

Jules
Mince ! Pas vous ?

Jean
Je ne sais pas. Ma femme m'a montré la belle image de cette lèpre, celle qui me guettait si je continuais dans cette voie. Je lui ai menti, persuadé que c'était sans conséquence. Mais à tort forcément puisque je lui ai menti.

Et j'ai aussi l'image de vos deux familles en ruine que je garde en perspective. Ça fait beaucoup de choses qui frappent. Fort. Mais je crois qu'au fond c'est bien la vision de ma propre ruine qui m'a sauvé, pour si peu de choses, pour tant d'insignifiance, pour tant de faux semblants.

Jules
Et elle ?

Jean
Elle ?

Jules
Marie, elle est foutue ?

Jean
Foutue ? Qu'est-ce que j'en sais ? Ce n'est plus mon problème. Ça n'aurait jamais dû l'être d'ailleurs.

Jules
Au fond, vous êtes comme les autres. C'est son cul qui vous a tourné la tête ?

Jean
Sûr que non. Un regard, un sourire à la rigueur. Pour un peu d'empathie, j'ai cru que ce n'était pas cher payer. Mais c'est hors de prix.

Jules
La chair est faible hein ?

Jean
Non, la chair n'est pas faible. La chair ne pense pas. C'est l'esprit qui est plus ou moins faible. La chair, elle, elle est ferme, elle est molle, elle est moite, elle est tendre. Elle est tout ce que vous voulez, on la malaxe, on la tripote, on la sent, on la griffe. Mais elle ne pense pas. Elle n'est rien toute seule.

Jules
C'est comme du poulet ?

Jean
Oui, si vous voulez.

Jules
Et ce qui vous emmerde au fond c'est de ne pas y avoir goûté ?

Jean
Je vous ai dit, je n'étais pas jaloux de ceux qui pouvaient la toucher. Bien plus de ceux qui avaient ses autres faveurs, son intimité, ses confidences. Je voulais être le seul dans ce registre-là, à garder pour moi une part unique et ne la partager avec personne. Et c'était idiot. Je voulais pour moi ses qualités les plus difficiles à gagner, mais qui finalement n'étaient pas les plus intéressantes.

Jules
Salaud !

Jean
C'était bien plus grisant d'approcher son intimité, de s'y faire un nid tout chaud. Comme un coucou qui n'avait rien à y faire. Vous c'était la chair, moi les pensées.

Jules
Et vous vous croyez meilleur pour ça ?

Jean
Non, pas meilleur non. On pourrait même dire que c'est pire : plus sale encore. Parce que c'était hypocrite.

Jules
Voyez, on y revient. Hypocrite de convoiter l'esprit, parce qu'on n'ose pas penser à la chair. C'est vous qui en parlez comme ça, avec cette fausse pudeur. Moi je le tolère. Vous supposez que nous avons été faibles pour avoir cédé à la tentation. Mais vous…

Jean
Moi ?

Jules
Si vous étiez si fort que ça, vous n'auriez même pas eu à vous poser la question.

Jean
C'est vrai.

Jules
Mais il vous reste un regret. Et c'est idiot au fond : ça reviendrait à regretter d'un coup toutes les femmes que vous avez pu trouver désirables à un moment. N'importe où, n'importe quand. Ça en fait un paquet de regrets !

Jean
C'est moins lourd qu'un paquet de remords.

Jules
C'est le kilo de plume ou le kilo de plomb. La blessure fait mal pareil. Et sans doute plus avec elle, car ce n'est pas comme si vous l'aviez croisée dans la rue. Elle a dû vous faire croire que votre relation était unique, au-dessus des autres. Que vous étiez comme un soutien, un mentor, que sais-je encore ?

Jean
Pourquoi imaginez-vous cela ?

Jules
Parce que je le sais. Parce qu'elle me l'a dit.

Jean
C'est absurde, ce serait idiot de sa part. Comme nier la part d'intimité que nous avions elle et moi.

Jules
Je vous aide.

Jules l'a dit d'un ton très particulier, comme s'il s'agissait d'une formule magique et qu'il y avait une référence qu'on ne comprend pas tout de suite. Il guette la réaction de Jean. Jean est surpris d'abord, hésite à répondre.

Jean
Comment ça ?

Jules
Ben, non seulement je suis sincère avec vous en vous disant la vérité, et comme certaines vérités elle n'est pas facile à entendre. Et en même temps, c'est une fissure à l'image que vous aviez d'elle, un petit jour par lequel entrevoir la manipulatrice. Un jour vers la guérison.

Jean
Manipulé, moi ?

Jules
Oui, pas méchamment. Juste pour son petit confort, comme elle l'a fait avec tant d'autres.

Jean
D'autres ?

Jules
Mais oui, qu'est-ce que vous imaginez ? Une femme qui peut regarder en face deux hommes en même temps, des hommes qu'elle dit aimer, croyez-vous qu'elle puisse être davantage fidèle en amitié ?

Jean
Il n'est pas question de fidélité en amitié.

Jules
Bien sûr que si ! Voyons. Ce qu'on confie, si c'est pour le rapporter à droite à gauche à la moindre occasion…

Jean
Je ne vous écoute plus, vous dites ça parce que vous avez mal.

Jules
Qu'est-ce qu'on dit quand on a mal ? Quand on crie parce qu'on vient de se faire taper sur les doigts ? Rien d'autre que la vérité : on ne réfléchit pas, on crie sa douleur. C'est réflexe, c'est tout. Quand j'ai vraiment mal, je crie *Aïe !* Je ne dis pas, *tiens qu'est-ce qui m'arrive ?* Sinon, c'est que je n'ai pas si mal que ça.

Jean
Arrêtez ! De toute façon, je ne peux rien pour vous. C'est elle qui décide tout, vous me le prouvez encore.

Jules
Moi, je sais pourquoi vous êtes là. Ce n'est pas pour elle.

Jean
Ah non ?

Jules
Non, c'est pour vous. Après tout, dans ce match qui m'oppose à son mari il ne peut y avoir de véritable gagnant. Alors, vous vous êtes dit que c'était peut-être le meilleur moment pour tirer les marrons du feu.

Jean
Voilà que vous faites des métaphores maintenant. Finalement, vous gagnez à être connu. J'ai ma femme que j'aime, il n'est pas question de mettre ça en balance.

Jules
Pourtant d'après ce que m'a dit Marie, ça a été un peu chaud pour vous quand votre femme a appris votre relation avec Marie.

Jean
C'était des discussions, des conseils. Pas une véritable relation. On n'a jamais dû se trouver seuls tous les deux dans la vraie vie. Jamais !

Jules
Oui, oui. Sûr ! Mais tout cela sur le ton de la confidence quand même. Et puis une femme s'y trompe rarement. Vous ne l'avez pas véritablement trompée, mais au fond, ça aurait pu arriver et vous le savez, et elle le sait.

Jean
Merde ! Mais qu'est-ce que vous avez tous ?

Jules
Soyez sincère un peu, au lieu de vous croire au-dessus des autres, simplement parce qu'elle vous en donne l'illusion.

Un temps. Jean fait mine de sortir, hors de lui.

Jean
Merde !

Jules
Restez avec moi et arrêtez de finasser ! Elle a dû vous demander de nous sonder tous les deux pour savoir avec lequel elle va partir ce soir.

Jean
C'est à peu près ça oui.

Jules
C'est comme un duel à trois. Le bon, la brute et le truand. Vous connaissez ?

Jean
Oui, bien sûr. Je ne vois pas le rapport.

Jules
Ben si voyons, c'est facile. Vous me considérez comme elle : une brute. Je passe sur son mari, il a le beau rôle. Et ça ne vous en laisse qu'un seul possible.

Jean
Un peu simpliste comme raisonnement.

Jules
Ça me plaît bien au fond.

Jean
Vous savez que je ne lui plais pas.

Jules
Mais les pouvoirs de l'esprit sont si forts sur ceux de la chair, comme vous pourriez dire. On n'est jamais à l'abri d'une méprise, d'un malentendu. Et une fois que vous avez passé la première enceinte de la forteresse, vous filez droit au cœur. Après, tous les murs peuvent tomber.

Jean
Vous dites n'importe quoi.

Jules
Mais dites-vous qu'avec ce petit raisonnement vous n'irez pas bien plus loin. Vous m'évincez, vous prenez la place du mari, vous me foutez dehors. Éjecté le Jules ! Un bon coup de pied au cul, et même pas merci ! Mais un autre viendra après moi, forcément. Vous l'avez dit vous-même. La place officielle, avec elle c'est toujours la plus mauvaise.

Jean
Vous prétendez l'aimer et au fond vous ne la traitez pas mieux que s'il s'agissait d'un coup d'une nuit. Et vous avez bazardé votre famille pour ça ?

Jules
Vous aussi au fond vous finissez par avoir du vocabulaire. Vous devenez fréquentable. Rappelez-moi mon bon monsieur, d'aller boire un verre avec vous une fois que cette vilaine affaire sera terminée. On aura plein de choses intéressantes à se raconter.

Jean
Certainement pas !

Jules
Voyez que vous êtes jaloux au fond.

Jean
Je crois surtout qu'on n'a plus rien à se dire. Et n'oubliez pas que je tiens peut-être votre destin entre mes mains.

Jules *ricane*
Mon destin ? Comme vous y allez ! La seule qui décidera à la fin, c'est Marie et vous le savez bien. Vous n'êtes là que pour sa conscience, pour qu'elle se garde un semblant honnêteté. Vous êtes comme ces huissiers

bidons des jeux-concours qui ne servent à rien et qui n'existent peut-être même pas.

Jean ne dit rien, lui tourne le dos.

Jules
Allez, ne boudez pas Monsieur le Hokhem. Et expliquez-moi plutôt à quoi ça correspond un Hokhem.

Jean
Ça vous dépasse.

Jules
Peut-être, mais si vous ne me dites pas, comment je peux savoir ?

Jean
Vous pensez avec votre bite. Une bite ne peut pas comprendre.

Jules
Ne me dites pas que la vôtre ne s'est jamais exprimée, même un petit peu. Elle ne vous plaît pas Marie ?

Jean
Ta gueule !

Marie entre dans la pièce. Sourit aux deux hommes.

Jules
C'est mon tour ?

Jules passe dans l'autre pièce avec Marie. Julien sort ensuite par une autre porte. Il passe devant Jean. Les deux hommes se regardent sans une parole.

Rideau

Acte II
Elle

Troisième tableau

Marie

Jean et Marie en scène. Silence. Marie nerveuse, allume une cigarette.

Jean
Tiens, vous fumez ?

Marie
Ben oui, ça vous étonne ?

Jean
Je ne savais pas.

Un nouveau silence. Marie agacée se lève.

Jean
Alors, qui est l'heureux gagnant ?

Marie
Je ne sais pas. Donnez-moi plutôt votre avis… Maintenant que vous les connaissez.

Jean
Pas aussi bien que vous. Et je ne serais pas capable de les apprécier pour les mêmes qualités.

Marie *une grimace*
C'est pas malin.

Jean
Non, mais c'est vrai. C'est une drôle de façon de faire un casting, vous ne trouvez pas ? Vous continuez à vous servir de moi : à me demander mon impression sur ces deux hommes, car vous ne savez pas lequel choisir. C'est cruel. Et à ce petit jeu, qui vous dit que vous ne perdrez pas les deux ?

Marie
Pourquoi dites-vous ça ?

Jean
Parce que c'est vrai, vous m'utilisez. Et je ne vois pas à quel titre, car tout ce qu'il y a entre nous est faux !

Marie
Non !

Jean
Ou alors faussé si vous voulez quelque chose de moins tranchant. Mais c'est pareil. Nous voilà pour la première fois l'un en face de l'autre, dans la vraie vie, tous seuls. Une vraie complicité, théoriquement la même que celle que nous avions dans nos conversations virtuelles.

Marie
Je ne vois pas ce que ça change. Alors ?

Jean
Ça change tout. Ce que nous étions l'un pour l'autre la nuit en nous cachant ne pouvait trouver de correspondance lorsque nous nous trouvions en face. Tant qu'il y avait les autres autour de nous, c'était encore faussé. Nous ne pouvions pas nous rendre compte. Mais là, maintenant, il n'y a personne. Nous pouvons être nous-mêmes. Je vous le demande : retrouvez-vous cette complicité que nous croyions avoir lorsque nous discutions par messages ?

Marie
Je ne sais pas, je…

Jean
Posez-vous la question.

Marie
Mais je ne vois pas pourquoi. On n'est pas là pour ça.

Jean
Non bien sûr, si je vous écoute, je ne suis là que pour répondre à vos questions, vous écouter, vous conseiller. Je n'ai d'ailleurs jamais servi qu'à ça. Mais moi aussi j'ai des questions, et j'ai droit à des réponses.

Marie
Quelle importance ! Nous, c'est nous. Ça ne change rien.

Jean
Si. Posez-vous cette foutue question ! Est-ce que je suis le même, lorsque je suis devant vous, là, maintenant, tout seul, sans personne ? Comme devant nos écrans, mais en face, *pour de vrai* comme on dit. Qu'est-ce que vous avez envie de me dire, quelle intimité pour nous ?

Marie
Je ne sais pas, je…

Jean
Cherchez. Dites moi…

Marie
Je… Vous…
Agacée
Je ne trouve pas…

Jean
Oui…

Marie
C'est idiot, ça va venir. Vous parlez comme ça pour me faire peur ?

Jean
Non, juste pour vous montrer.

Marie
On n'est pas dans les bonnes conditions. Une autre fois peut-être.

Jean
Non, maintenant ! Dans les vraies conditions justement ! Qu'est-ce qui doit se passer entre nous ? C'est maintenant qu'on va savoir. La vraie Marie, le vrai Jean. Qu'est-ce qu'ils ont à se dire ? Que sont-ils l'un pour l'autre ? Dites-moi ! C'est l'heure de vérité.

Marie hésite, encore, cherche.

Jean
Vous y êtes presque…

Elle comprend.

Marie
Mais… qu'est-ce qu'il nous reste alors ?

Jean
Même pas le *nous* je le crains.

Marie
Même pas ?

Jean
Non !

Marie
Mais pourquoi ?

Jean
Mais sans doute parce que ce *nous* n'a jamais existé. Nous l'avons imaginé, et parce qu'il n'était que virtuel, face à la réalité des choses, le mirage disparaît.

Marie
Une aberration virtuelle alors ?

Jean
La réponse est dans le mot. Virtuel ! Oui, c'est le virtuel qui nous a trompés. Ne trouvez-vous pas étrange cette conversation : maladroite, hésitante ? Comme si nous ne nous connaissions pas.

Marie
Si peut-être.

Jean
Et qu'est-ce qui change ?

Marie
Les conditions ?

Jean
Il y a deux personnes en vous. Celle que j'ai devant moi, là tout de suite, en chair et en os et celle devant son écran. Comme si la barrière physique faisait de vous quelqu'un d'autre. Dans l'autre sens, c'est pareil sans doute. Et c'est cette différence qui nous a abusés.

Marie
Alors, j'avais raison.

Jean
Sur quoi ?

Marie
Sur cette complicité, cette correspondance. Puisque nous sommes différents tous les deux, au fond nous sommes pareils.

Jean *indulgent*
C'est une façon subtile de voir les choses, un peu trop même. Mais cette complicité, avait-elle vraiment sa raison d'être puisqu'elle n'existait qu'entre deux personnages virtuels ? Imaginez un peu.

Marie
Quoi ?

Jean
Nous nous retrouvons tous les deux face à face, sans personne, l'écran en moins. On lève le rideau de ce théâtre. Plus de personnages, plus d'acteurs, mais les êtres : des êtres de chair…

Marie
De chair ?

Jean
Oui avec leurs désirs, les odeurs, les détails de la vie de tous les jours qu'il y a derrière. Impossible de tricher.

Marie
Tricher ? Je n'ai pas triché.

Jean
Pas besoin. La virtualité triche pour nous. On peut lire les conversations que nous avons eues comme de longs murmures complices qui paraissent extravagants, qui appellent autre chose et qui donnent l'illusion d'une intimité abusive. En fait, nous ne connaissons rien de l'autre. Voyez : je sais tout de vos interrogations sentimentales et je ne savais même pas que vous fumiez.

Marie
Et ? Ça change quoi que je fume ?

Jean
Rien, c'était un exemple.

Marie
Voilà. Il n'y aucune différence. Ce qui est important est plus profond, notre complicité pendant nos conversations.

Jean
Même pas. Pendant que je vous écrivais, j'étais en train de terminer mon dernier roman et parfois je laissais vos réponses en suspend pendant

plusieurs minutes, le temps de finir la phrase ou le paragraphe que j'étais en train de construire.

Marie
Et pendant que je vous répondais, je regardais la télé, j'aidais mes enfants pour leurs devoirs, je pensais à un autre peut-être.

Jean
Je n'en doute pas. Tout ça, c'est de la bouillie au fond.

Marie
Quoi ?

Jean
De la bouillie pour chats.

Marie
Vous ne pouvez pas dire ça !

Jean
Et quoi d'autre alors ? Il y a tous les ingrédients de la recette : ce qu'on a sous la main, on mélange et ça donne ça.

Marie
C'est ce que vous pensez ?
Elle hésite
Qu'est-ce que vous étiez venu chercher au fond ?

Jean
Je ne suis pas venu. C'est vous qui avez frappé à cette porte. Au début, c'était anodin. Puis ça a dérapé.
Toute cette intimité artificielle…
Un temps
Vous ne vous êtes jamais demandé ce qui se serait passé si vous n'aviez pas eu du dégoût ?

Marie
Du dégoût ?

Jean
Oui, comme vous en parliez : *je ne suis pas volontaire pour être votre maîtresse ?* Comme si coucher avec moi était une mission suicide. Sans que je n'aie jamais abordé moi-même la question.

Marie
Mais…

Jean
Vous l'avez dit ! Alors que je ne vous avais rien demandé. Et ces références sur mon âge ? Du genre : *Vous êtes trop vieux pour prétendre à ça avec moi*, alors même qu'il n'y avait aucun désir dans la vraie vie. Mais c'est peut-être au fond ce qui nous a sauvés. Petite vaniteuse !

Marie
Comment pouvez-vous dire ça ?

Jean
Je dis cela parce que c'est vrai. C'est tellement facile de se rapprocher de quelqu'un quand on sait qu'on ne prend pas le moindre risque. Moi, j'en ai pris.

Marie
Comment ça ?

Jean
Vous apprécier sans vous désirer, sachant que c'était possible ?

Marie
Je ne comprends pas.

Jean
C'était un risque, un défi. Et surtout une imbécillité. Se prouver qu'on est capable de résister. Mais au fond, ça devient très frustrant puisque vous m'avez montré finalement, et d'une manière très peu courtoise que je ne vous intéressais pas. Et cette moue de dégoût que vous aviez pour d'autres, encore plus vieux que moi... Ces mots qui m'amusaient autrefois, vous avez dû les avoir pour moi. En vous moquant sans doute.

Marie
Non.

Jean
Bien sûr que si, pourquoi n'auriez-vous pas dit à mon propos ce que vous disiez des autres devant moi ? Tout est affaire d'opportunité, de tropisme. Je sais cela. Je suis comme ça parfois. Il y a des moyens d'amuser les autres qui ne sont pas très dignes. Mais après tout quelle importance ?

Marie
Non !

Jean
Allons, allons ! Vous avez dû imaginer avec dégoût mon corps, vieux, sans muscle, toute la différence avec les hommes que vous choisissez d'habitude.

Marie
Vous parlez d'un défi ! Au fond, votre frustration est bien curieuse : vous vous targuer de la plus grande pudeur, du désintéressement, de l'absence de sentiments ou de désir : vous êtes le grand frère. Et je vois votre insatisfaction, votre vexation pour n'avoir pas trouvé chez moi l'écho de vos désirs.

Jean
Pardon ?

Marie
Vous auriez aimé que je vous désire, que je vous aime, que je devienne folle de vous peut-être ?

Jean
Qu'est-ce qui vous fait dire ça ?

Marie
Regardez bien au fond de vous.

Jean
Non ! C'est vous qui avez raison, tout ce qui relève de la vraie vie devrait nous éloigner, et aurait dû nous laisser à distance l'un de l'autre. Tout nous sépare.

Marie
Tout !

Jean
Cela veut dire que ce que nous avons partagé n'a aucune valeur.

Marie
Pas forcément... Vous regrettez quelque chose ?

Jean
Par rapport à vous, je ne sais pas. Mais je regrette tout ce qui a pu me détourner de ma femme.

Marie
Vous avez tout. Encore faut-il se donner la peine d'ouvrir les yeux de temps en temps.

Jean
C'est bon, vous vous en êtes chargée… malgré vous. Au fond, il valait mieux que ce soit avec vous qu'avec une autre, il y avait le risque en moins. Sinon j'aurais pu finir comme…

Marie
Jules ?

Jean
Oui Jules, celui qui a tout perdu en croyant vous gagner.

Marie
Je l'aime.

Jean
C'est amusant : vous dites je l'aime. Vous ne dites pas : nous nous aimons. Comme si lui n'avait aucune importance. Et peut-être qu'au fond, il vous aime davantage que vous ne l'aimez ?

Marie
C'est nul.

Jean
Vous n'aimez pas ses manières, vous n'aimez pas sa famille, vous avez honte de lui. Comment pouvez-vous dire que vous l'aimez alors ?

Marie
C'est lui que j'aime dans mon cœur de conne.

Jean
C'est votre corps qui a pris le pas sur votre cœur. Ne me parlez pas de sentiments sur cette histoire-là. Ce n'est qu'une affaire d'odeurs et d'épidermes. Ça ne fait pas de l'amour tout ça. Encore une mauvaise recette. Quand on aime, rien n'est obscène, rien n'est médiocre, on aime tout court ou on n'aime pas.

Marie
Vous devenez vulgaire.

Jean
Non je ne crois pas.

Marie
Si.

Jean
Vous croyez qu'en ne nommant pas les choses, ont les empêche d'exister ? Vous croyez que cela les rend moins triviales ? Vous aimez *l'intimité* d'untel ? Cela veut dire quoi au fond ? Que vous aimez quand il vous prend, que vous aimez repenser après à ce qu'il vous a fait, en espérant que cela recommencera. Et jusqu'à quand ?

Marie
Puisque je ne l'aime pas selon vous ?

Jean
Pas comme vous le pensez. Votre corps aime son corps, et c'est une dépendance.
Mais hélas, ça ne fait pas de l'amour, ni de vous une conne.

Marie
Pourquoi hélas ?

Jean
Je ne sais pas, j'avais envie de dire ça c'est tout.
Un silence
Ce serait tellement facile de classer les gens dans des petits tiroirs. Si vous étiez une conne, une belle conne toute seule, sans rien d'autre à quoi raccrocher mon empathie, je n'aurais pas pris tout ce temps pour essayer de vous montrer la vie comme on devrait la voir.

Marie
Me montrer la vie ? Parce que je vous ai dit que vous étiez une sorte de modèle ? Parce que vous avez quelques années de plus que moi ?

Jean
Ça, vous me le rappelez assez souvent. Mais pas que ça.

Marie
Vous avez la prétention de me montrer la vie et vous vous perdez avec moi ?

Jean
Qu'est-ce que vous en savez ? Peut-être qu'au fond, je n'ai jamais été qu'un méchant hypocrite.

Marie
Mais pourquoi alors ?

Jean *sur un ton badin, voire ironique*
Pour savoir si j'étais encore capable de plaire.

Marie
Cette conversation est ridicule.

Jean
Vous voyez, dans la réalité, ça ne se passe pas du tout comme dans le virtuel. Dans le virtuel, on passe tout, il n'y pas de tonalité, juste les mots. Chacun les interprète à sa façon. Chacun renvoie à l'autre ce qu'il veut, ce qu'il attend, juste pour que ça dure, pour que ça continue de couler, comme une petite rivière tranquille. Ça ronronne. Mais dans la vraie vie, on ne triche pas.
Et pour ça, pour si peu, j'ai failli tout perdre.

Marie
Moi j'ai perdu, j'ai essayé de regagner, j'ai reperdu. Pourquoi faut-il que l'on voie ce qu'on a sous les yeux, que l'on comprenne la valeur de ce qu'on possède quand on est sur le point de le perdre ?

Jean
La vie est un cycle.

Marie
Mais pas une fatalité.

Jean
C'est pareil pour votre mari.

Marie
Je ne supporte plus son intimité, je n'y peux rien.

Jean
Écoutez-vous ! Encore l'intimité. Son *intimité* ne vous convient pas…

Marie
Vous voulez dire ça comment ?

Jean
Appelez un chat un chat, regardez les choses en face et vous comprendrez.
Tout ça n'est qu'une histoire de sens, les pires ennemis des sentiments et pourtant... Vous ne supportez plus votre mari, vous ne le satisfaites plus au lit ? C'est ça ? Il a des exigences que vous ne tolérez plus et que vous concédez à un autre ? Où sont les sentiments dans tout ça ? Il a supporté bien davantage, votre trahison, votre départ, votre abandon. Ses sentiments sont intacts, ils vont au-delà de tout. Et c'est peut-être au fond ce qui vous gêne.

Marie
Comme votre esprit qui aimait le mien. ?

Jean
Nous n'avons jamais parlé d'aimer Dieu merci.

Marie
C'est exactement la même chose.

Jean
Quoi ?

Marie
Lorsque je parle d'intimité, vous répondez sexe. Lorsque je dis *connivence*, vous parlez d'affection.

Jean
Non.

Marie
Bien sur que si.

Jean
Non.

Marie
Alors pourquoi pensez-vous que votre femme a réagi comme ça ? Parce qu'elle savait elle, elle sentait ce qu'il y avait derrière. Tout le danger de notre relation.

Jean
Vous simplifiez.

Marie
Non. N'avez-vous pas ressenti le manque parfois ? N'étiez-vous pas inquiet de ne pas avoir de mes nouvelles, de savoir que j'étais triste, désemparée, seule ? Et que vous auriez voulu être près de moi pour m'aider si vous l'aviez pu ? Et à chaque fois que vous l'avez pu, vous l'avez fait, même virtuellement, même en alternant notre conversation avec les lignes d'un de vos obscurs romans.

Jean
J'avais la même empathie que j'aurais pu l'avoir pour une sœur.

Marie
Et voilà, justement, vous aussi vous ne voulez pas mettre un nom sur les choses ! Une sœur. Qu'est-ce qu'on a comme sentiments pour une sœur ?

Jean
?

Marie
Sinon de l'affection.
Un silence
Imbécile ! Pourquoi a-t-il fallu aller si loin pour vous soustraire à nos conversations, pour enfin décréter que c'était vain et que d'une façon ou d'une autre cela aurait mal fini ?

Jean
Comment ?

Marie
Votre affection... Enfin non, appelons-là comme vous voulez : votre empathie allait grandissante, cavalait comme vous pourriez le dire dans un de vos livres, caracolait même allons ne mâchons pas vos mots...

Jean *l'interrompt*
Pour une personne virtuelle !

Marie
Mais non, j'existe ! Je suis là devant vous ! Et vos sentiments existaient aussi ! Et ils n'auraient fait que grandir, en imaginant que les miens grandissaient avec. Et serait arrivé forcément un moment où le décalage aurait été trop grand. Regardez, vous ne supportiez déjà plus de me voir dans la réalité sans pouvoir me parler, sans pouvoir partager, échanger.

Jean
C'est vrai.

Marie
Parce qu'il y avait dans cette frustration le reflet de ce qui se passait la nuit. Vous n'avez jamais pensé ce qu'aurait pu être notre intimité à tous les deux ?

Jean
Je…

Marie
Allez appelons les choses comme vous voulez alors. Vous n'avez jamais pensé coucher avec moi ?

Jean
…

Marie
Explorer mon corps, l'embrasser, le caresser ? N'y avez-vous jamais pensé ?

Jean
L'amitié entre un homme et une femme n'est pas possible en dehors d'une grande incompatibilité physique. C'est de l'amour vierge ou de l'amour veuf, c'est avant ou après.

Marie
Non, non, monsieur. On ne se cache plus derrière des belles formules. Je reprends la question : vous n'avez jamais pensé coucher avec moi ?

Jean
Si. À partir du moment où je savais qu'il n'y avait aucun risque.

Marie
C'est lâche de votre part. Et grossier pour votre femme. Vous ne valez pas mieux que moi.

Jean
J'aime ma femme, je n'imagine pas partager avec une autre…

Marie
Vous n'imaginez pas… et pourtant, vous l'avez fait.

Jean
Ça n'a pas de valeur.

Marie
Vous lui avez dit ?

Jean
Elle le sait, elle l'a compris.

Marie
Je me souviens de fragments de mon catéchisme : *j'ai pêché en pensée, par action et par omission*. Vous avez quand même bon sur deux points.

Jean
Non, je ne crois pas.

Marie
Et si.

Jean
Vous êtes mal placée pour me parler de morale.

Marie
Oh si, je suis très bien placée. Parce que moi, j'ai coché la case qui vous manque. J'ai omis, j'ai pensé, et puis j'ai agi. Je suis allée jusqu'au bout, moi !

Jean
Vous vous en vantez ?

Marie
J'ai assumé !

Jean
Ne nous faisons pas plus de mal que cela.

Marie
Eh oui, on s'écorche parce qu'on est en face. Derrière un écran, cela aurait sans doute été différent. Je ne voulais pas perdre votre amitié et vous…
Mon admiration vous flattait, vous imaginiez que j'étais une vieille maîtresse sur laquelle vous gardiez une emprise. Ce n'est qu'une histoire de pouvoir au fond.

Jean
Peut-être

Marie
Même pas de pouvoir… de possession.

Jean
C'est la même chose.

Marie
Personne ne possède personne.

Jean
Ah, ah ! Pas drôle.

Marie
Il n'y a rien de drôle ce soir. Ce soir nous recueillons ce que nous avons semé. Et encore ce n'est que la partie la moins sombre. Il nous faudra ensuite rentrer chacun chez soi, et gérer les regrets, les remords et puis les doutes aussi. Comme si une partie de notre vie nous avait échappé. Avec la crainte que ce soit en pure perte.

Jean
Voyez, vous parlez comme dans un livre.

Marie
Un des vôtres ?

Jean
Qu'est-ce que ça peut vous faire maintenant ? C'était bâti sur du vent.

Marie
Des mensonges.

Jean
Des mensonges sincères. Sincères pour l'autre, même si chacun se mentait à soi même.

Marie
Je ne suis pas une menteuse.

Jean
Non effectivement, je ne pense pas. Je dirais plutôt une manipulatrice. Regardez les hommes autour de vous.

Marie
Eh bien ?

Jean
Vous êtes *aimable*. Vos… *qualités*… font que ça papillonne comme des insectes autour d'une ampoule la nuit.

Marie
Vous trouvez ?

Jean
Et qu'est-ce qu'il y a de plus bête qu'une ampoule ? Hein ? Un petit filament traversé par des électrons. Quelque chose de complètement passif, et de parfaitement artificiel.

Marie
Encore fallait-il l'inventer.

Jean
L'ampoule ne pense pas.

Marie
Mais elle brille.

Jean
Et il suffit d'un simple bouton pour l'éteindre.

Marie
Comme un ordinateur, ou un écran.

Jean
Rien ne vaut ce qui est naturel.

Marie *rêveuse*
L'amour bio ?

Jean *goguenard*
Plus sain, mais plus cher…

Marie
Arrêtez de jouer sur les mots. C'est la vraie vie maintenant ! Vous vous êtes donné assez de mal pour me faire comprendre la différence.
Et vous n'avez toujours pas répondu à ma question. Qu'est-ce que vous cherchiez avec moi ?

Jean
Rien, mais je sais ce que j'ai trouvé.
Un silence
J'ai retrouvé un amour tout neuf. Celui de ma femme, un élan que j'avais tendance à laisser fléchir avec le temps. Un coup de fouet !

Marie
Vous doutiez ?

Jean
Non, mais je ne me souvenais plus.

Marie
Je suis jalouse. Vous avez tout, je n'ai plus rien. Et je perds aussi votre amitié.

Jean
Virtuelle… elle ne vaut pas grand-chose.

Marie
C'est mieux que rien.

Jean
Je ne suis pas sûr.

Maris
Des fois, je voudrais mourir, ce serait plus simple.

Jean
Pas de gros mots. Vous vous aimez trop pour ça.

Marie
Comme vous alors ?

Jean
Non, moi c'est par faiblesse, ou parce que je suis douillet. Je n'aime pas me faire du mal. Physiquement au moins. Et puis, je n'ai aucune raison d'envisager une telle chose.

Marie
Alors pourquoi ?

Jean
Vous êtes venue me demander un soutien, des avis parfois. Je vous les ai donnés.

Marie
J'en ai écouté certains, oui.

Jean
Ceux qui ne coûtent rien… ou ceux qui sont tellement évidents qu'au fond, vous saviez d'emblée que c'étaient ceux que vous deviez suivre. Mais pour les autres, les vrais. Ceux qui vous engagent et qui engagent les autres, vous écoutiez, mais n'entendiez pas.

Marie
J'ai encore besoin de vous.

Jean
Comme d'un couteau ou d'une fourchette, pour piquer dans la vie avec plus de force. Pour avoir l'impression de garder une prise ?

Marie
Vous dites ça parce que vous êtes triste ?

Jean
Oui je suis triste, mais pas pour les choses que vous imaginez.

Marie
Vous ne pouvez pas savoir.

Jean
Et vous ?
Du jour où ça a basculé, vous ne me deviniez plus.

Marie
Et je vous ai perdu.

Jean *il réfléchit*
Mais puisque vous me demandez mon avis sur vos hommes, je vais quand même vous le donner. Cela ne vous fera pas plaisir, car cela ira à l'encontre de ce que vous croyez. Mais vous savez déjà ce que vous allez faire. Et je ne suis au fond qu'une caution.

Marie
Vous m'énervez. Vous faites des phrases, vous gagnez du temps. Vous me faites perdre le mien.

Jean
Oh pardon. Il est si précieux que ça ? Plus précieux que le mien, que celui de votre mari, de votre amant. Plus précieux que notre temps à tous les trois ?

Marie
Si vous n'êtes là que pour me faire la morale, ce n'est pas malin. Allez, dites ce que vous avez à dire.

Jean
Je veux juste vous mettre en garde. Si nous avons eu des moments d'amitié, c'est pour eux que je vais vous donner ce qu'il me reste de sincérité. Mais ça ne va pas vous plaire. Vous m'en voudrez forcément après.

Marie
On verra. Allez-y, dites !

Jean
Tout d'abord excusez-moi, mais Jules et Julien… Une telle… comment dire ? Similitude ? C'est à peine croyable !

Marie
Je n'ai pas choisi.

Jean
Bien sûr vous avez choisi ! Une première fois celui que vous avez épousé. Et une seconde fois, celui avec lequel vous alliez tromper le premier. Il y a dans le destin des ironies qui ne peuvent nous échapper. Il fallait aller jusqu'au bout, choisir un deuxième Julien. Ç'aurait été plus commode !

Marie
Pardon ?

Jean *souriant mauvais*
Quand on jouit… pas de risque de se tromper.

Marie *furieuse*
Je ne vois pas pourquoi je suis obligée de supporter ça.

Jean
Vous le supportez parce que vous accordez trop d'importance à ce que je vais vous dire.
Un temps

Vous n'aimez pas Jules.
Pour aimer quelqu'un il ne faut pas avoir peur de son intimité, la vraie, celle de tous les jours, celle qui sent la sueur, celle qui a le son de son estomac qui grogne, c'est accepter la paresse, la fatigue, tout ce qui fait l'humanité. C'est ignorer toute la part vulgaire, la part animale en chacun de nous.
Le corps n'aime pas, n'écoute rien, il a envie de celui de l'autre et c'est tout. Ce n'est pas une solution. Ou alors c'est tout de suite, c'est maintenant. Et rapidement, il ne reste plus rien. Il y a les obstacles parfois pour donner une illusion de durée. Et ce sont bien les pires de nos ennemis.
Un temps
Il n'y a rien de plus sournois que la passion : le pire ennemi de l'amour sincère. Elle ne laisse pas voir le fond des choses et imaginer tout ce qu'il y aura à partager. Deux bœufs à l'attelage, voilà ce qu'il faut voir dans l'amour véritable : un travail de chaque minute. Avec une unique satisfaction et pourtant pas des moindres : à chaque fois qu'on arrive au bout du champ, sans s'arrêter. Jamais.
Vous n'aimez pas Jules.

Marie
Pfff !

Jean
D'un autre côté…

Marie
Quoi ?

Jean *évasif*
Vous auriez aimé votre mari davantage, vous seriez restée fidèle, ou au pire vous le seriez redevenue au bout d'un moment…
Au lieu de cela votre fatuité vous fera rechuter autant de fois qu'il vous pardonnera… indéfiniment.

Marie
Toujours des gros mots !

Jean
Puis ce sera au tour de l'autre. Vous vous sentez trop bien pour Jules, vous dites mériter mieux que ce qu'il vous offre. Donc ça ne peut pas aller bien loin. Demandez-vous comment cela a changé ? Et pourquoi un jour votre mari a été l'homme pour qui vous auriez tout donné, et pourquoi maintenant il est l'homme que vous avez le plus fait souffrir.

Marie
Je ne sais pas.

Jean
Et c'est peut-être justement parce qu'il accepte cette souffrance et qu'il est capable de vous pardonner que vous ne pouvez plus le voir tel que vous l'avez vu.

Marie
Parce qu'il me pardonne, je ne lui pardonne pas sa faiblesse. C'est ça ?

Jean
Peut-être.

Un long silence, ils se regardent tous les deux.

Marie
Vous n'êtes pas mieux que moi au fond.

Jean
Sans doute pas, mais pas pour les mêmes raisons.

Marie
Bien sûr : vous n'osez pas imaginer qu'un jour j'aurais pu vous demander de partager mon intimité. Mais pourquoi je l'aurais fait ?

Jean
Je ne sais pas. Parce que je suis un homme, parce que vous êtes une femme.

Marie
Et ?

Jean
Et si vous l'aviez fait. Si vous m'aviez ouvert la porte au lieu de la tenir bien fermée, je n'aurais pas franchi le seuil.

Marie
Non ?

Jean
Non.

Marie
Je ne vous plais pas ?

Jean
Je vous ai dit, ce n'est pas la question. Mais j'aime. Et celle que j'aime n'est pas vous. Et ce tout petit peu de sagesse que j'ai en plus de la vôtre me montre du doigt une erreur que je ne pourrais pas faire, car elle serait irrémédiable, irréparable. La plaie de l'hémophile, la trahison ultime.

Marie
Le corps qui trahit le cœur. Vous m'aviez dit que cela n'avait rien à voir.

Jean
…

Marie
Et bien vous auriez refusé. Et alors ?

Jean
Je crois…

Marie
Oui ?

Jean
Que j'aurais eu des regrets.

Marie
Vous êtes donc bien lâche ?

Jean
Lâche sans doute, paresseux peut-être, naïf par essence, mais traître…. Non ! J'aurais regretté de ne pas avoir goûté à ce qui m'était offert et je crois qu'au fond je vous en aurais voulu.

Marie
Bien sûr.

Jean
Oui, de m'avoir tenté malgré tout, malgré l'absence de promesse, malgré la platitude de notre relation.

Marie
En tout bien, tout honneur c'est ça ? C'est vous qui l'avez dit. Peut-on adorer quelqu'un en tout bien tout honneur ? L'histoire semble montrer que non.

Jean
En tout bien tout honneur, il suffit que l'on ait besoin de le préciser pour que ce soit déjà louche.

Marie
Tout est si différent maintenant.

Jean
Oui, je suis différent, vous êtes différente. Pas plus que nous n'avons eu le moindre contact physique, nous n'avons jamais rien échangé de si personnel lorsque nous étions l'un en face de l'autre. Un peu comme si nos corps reniaient quelque chose qui n'aurait pas dû exister.

Marie
C'est faux.

Jean
Regardez-nous, c'est la réalité qui nous tue ! Les fantômes qui ont parlé entre eux n'étaient pas nous, juste un reflet déformé par ce que nous voulions y voir. Vous aimiez l'image que je vous renvoyais. J'aimais l'idée que vous puissiez m'admirer, même si je ne comprenais pas pourquoi. Chacun se flattait et à travers l'autre, ne regardait que soi.

Marie
Au fond, tout était faux.

Jean
Tout était faux, mais nous étions authentiques.

Marie
D'authentiques menteurs.

Jean
Oui, comme dans la vie.
Un temps
Vous ne trouvez pas absurde d'être mariée et de coucher avec un autre homme ? Ne trouvez-vous pas absurde que je sois heureux avec ma femme et que j'aie souhaité à un moment une complicité avec vous ?

Marie
Est-ce incompatible ? Complètement ?

Jean
Cela nous rend-il coupables ?

Marie
Non !

Jean
Cela nous absout-il ?

Marie
Encore moins.

Jean
J'avais l'impression d'être adolescent, et je souffrais comme à cet âge-là, bêtement, du simple fait que notre relation me manquait. Admettre que j'avais besoin de vous, de vous sentir préoccupée était pénible.

Marie
Besoin de vous sentir soucieux…

Jean
Tout en gardant des distances…

Marie
Respectables… Vous m'aimiez ?

Jean
D'une certaine façon.

Marie
Et pourquoi me le dire maintenant ?

Jean
Parce que ce n'est sans doute que maintenant que je le comprends. C'est impossible à décrire, ce n'était pas de l'amour. De l'amitié ? Non plus ! C'était comme s'il existait une troisième déclinaison au verbe aimer. Quelque chose d'intermédiaire, de plus ou moins subtil. Impossible à expliquer.

Marie
Moi, je ne vous ai jamais aimé !

Jean
Et oui bien sûr, petite orgueilleuse. Vous m'adoriez ! Il faut des grands mots pour cacher de petites réalités. Adorer c'est comme aimer bien, ou bien aimer. Et pourtant, on adore tout court.

Marie
On n'adore que Dieu, vous m'aviez dit.

Jean
Vous m'avez pris pour une idole.

Marie
N'exagérons rien.

Jean
Et aussi pour un confessionnal. Car avouer des larmes, parce que vous n'aviez pas l'habitude qu'on prenne soin de vous, c'était bien demander encore une nouvelle dose de compassion ? Personne donc pour vous réconforter, pour vous rendre une image où vous vous sentiriez à l'aise ? À l'aise dans votre corps, dans votre peau, dans votre vie… Et non à travers celle des autres ?

Marie
J'avais un mari, que je ne satisfaisais plus. J'avais un amant que je pensais aimer, mais que je ne supportais pas en dehors du lit. Une brute en fait, mais qui me faisait jouir.

Jean
Heureusement que je vous dégoûtais aussi, j'aurais pu être un parfait mari.

Marie
Arrêtez, ne dites pas ça, c'est idiot !

Jean
Tout ce qu'on pourra dire sur cette histoire est idiot. La seule chose à se demander, c'est ce qu'on pourra garder.

Marie
On ne le saura peut-être pas tout de suite. Écrivez donc là-dessus, vous qui êtes si fort avec les mots tant qu'il s'agit des autres. Mettez-vous à nu, si vous en avez le courage au lieu de me décortiquer comme un anatomiste. Vous vous placez au-dessus, vous donnez des leçons, c'est trop facile.

Jean
J'ai souffert de notre relation, pas vous.

Marie
Qu'est-ce que vous en savez ? Vous pensez que je n'étais pas sincère lorsque je vous écrivais que vous alliez me manquer ?

Jean
Je ne sais pas, mais vous paraissiez si distante. Vous regardiez mon chagrin sans rien faire.

Marie
Et qu'est-ce que j'aurais bien pu faire ? Vous prendre dans mes bras ? Puisqu'au fond, il n'y a peut-être que cela qui vous intéressait ?

Jean
Certainement pas.

Marie
Et pourquoi s'appliquer ainsi à cette distance si vous étiez si sûr de ne pas me désirer ?

Jean
Je vous ai surtout imaginée après l'amour avec votre brute. Et je vous détestais pour le mal que vous faisiez à votre mari, une nouvelle fois, puis une fois encore.

Marie
Vous me détestiez pour ne pas être à la bonne place.

Jean
Où est la bonne place ?

Marie
La vôtre. Votre femme vous aime toujours. Et quoiqu'elle en pense, vous ne l'avez pas trahie. Elle croit sans doute le pire pour me détester de la sorte. Et je ne peux pas lui en vouloir lorsque je vous connais mieux. Mais elle se trompe sur la réalité des choses, le diable au fond, ce n'est pas moi, c'est vous !

Jean
C'est trop d'honneur.

Marie
Vous vouliez me séduire, m'entendre avouer en pleurant que je vous aimais, que je vous désirais, que je vous voulais pour moi. Le physique nous a sauvés.

Jean
Votre vanité nous a sauvés.

Marie
Vous vouliez m'entendre dire toutes ces choses, et puis voir ensuite si vous auriez le courage de résister. Et puis peut-être avez-vous imaginé un premier baiser, pour savoir jusqu'où votre témérité ou votre perversion vous permettrait de tenir ?

Jean
Non. Je ne pense pas.

Marie
Moi je sais. Et votre souffrance au fond n'était ni sentiment, ni frustration du corps que vous désiriez, mais de l'âme que vous aviez tenté de corrompre. Bêtement, comme ça, parce que je vous plaisais.

Jean
Peut-être. Et c'était aussi idiot que de réfléchir à ce qui me plaisait chez vous. Car j'étais bien incapable de le dire.

Marie
C'est comme quand on aime, on ne sait pas pourquoi. Mais pour vous être trop aimé, vous en avez oublié l'essentiel. Ce qu'il faut, c'est ne pas trop s'en vouloir à la fin.
Un temps
Vous souvenez-vous d'un jour où je ne répondais plus à vos messages ?

Jean
Oui, ce jour-là, je sais ce qui s'est passé.

Marie
Comme je ne répondais toujours pas, vous sembliez tellement désemparé que je vous ai envoyé ce simple message :
Je vous aide
Et vous avez été persuadé que le clavier de mon téléphone m'avait trahie, que j'avais voulu écrire en réalité : *je vous aime*.

Jean
Oui.

Marie
Vous avez dû sourire, car vous pensiez être arrivé là où vous vouliez.
Là où ça fait mal.
Eh oui, si une femme vous dit : *je vous adore*, ça vous flatte. Mais si elle vous écrit : *je vous aime*, ça fait mal. Parce que vous savez qu'on ne peut pas et qu'à cet instant le monde bascule.

Jean
Oui.

Marie
Et j'ai précisé ensuite *je vous aide à m'oublier*. Mais qui vous dit au fond que ce n'était pas effectivement votre version que je voulais écrire ?

Jean
Vous… ?

Marie
Non, je ne sais pas. Et je préfère ne pas vous dire. On a tous souffert. Peut-être que je souffre encore, votre femme souffre encore, alors je vous offre à vous aussi un petit compte de douleur. Ça ne changera pas les choses, mais ça vous laissera une marque.

Jean
Pas besoin de cela pour ne pas oublier

Marie
On n'oublie rien.

Jean
Comme dans la chanson.

Marie
Comme dans la chanson.

Jean *plein de sincérité*
Marie…

Marie *avec douceur*
Jean…

Jean
Au fond, nous n'avions peut-être rien en commun.

Marie
Ou tout à partager.

Jean
Comme avec d'autres.

Marie
Il n'y a pas d'être unique.

Jean
L'amour unique n'existe pas.

Marie
Vous ne pouviez pas m'aimer, car je ne vous aimais pas.

Jean
Vous m'adoriez pourtant.

Marie
Et vous ne m'adoriez pas ? Allons, à votre façon quand même. Ma naïveté, ma légèreté. Comment dites-vous déjà dans vos livres ? *La légèreté c'est l'esprit des dindes* ? C'est ça ?

Jean
Oui.

Marie
Et vous pensiez que je ne comprendrais pas ? Prenez-moi pour une dinde, mais cessez de vous prendre pour le coq. Poussin va !

Jean
Marie !

Marie
Adorer, comme c'est facile. C'est du flan, de la foutaise.

Jean
Justement, vous adorez sans savoir : c'est votre esprit qui anticipe, moins votre cœur.

Marie
Vous ne savez pas de quoi vous parlez.

Jean
Et vous, quand vous parlez d'aimer, quand vous parlez de Jules, ce n'est pas de l'amour, c'est du tri sélectif.

Marie
Méchant !

Jean
Si peu. Imaginez votre gorille dans l'intimité comme vous dites, il sert à quoi sinon à vous faire jouir ? Même pas à flatter votre ego. Et votre mari, vous avez bien dû l'aimer un jour.

Et moi, pour ne pas risquer de vous aimer davantage, je vous ai imaginée dans la vie de tous les jours.

Marie
Pourquoi ?

Jean
Je vous ai imaginée aux toilettes, malade, en sueur, au ménage.

Marie
Beurk, c'est dégoûtant.

Jean
Non, pas dégoûtant quand on y pense : juste trivial. Mais c'était nécessaire. Pour moi vous n'étiez la plupart du temps qu'un être imaginaire avec une carapace idéalisée. Alors, j'ai eu besoin de mettre un peu de chair et de muscle sur le squelette du virtuel. En ligne, vous étiez incorruptible. Il n'y avait aucune réalité dans tout ça. J'avais besoin de voir à quel point vous étiez une vraie femme.

Marie
Et ?

Jean
Besoin de voir à quel point j'avais faussé le rapport entre nous. Tant physiquement, qu'émotionnellement. C'est tout.

Marie
Et ça a marché ?

Jean
Ce n'est jamais aussi facile qu'on pense.

Marie
Là vous commencez vraiment à devenir déplaisant. Vous salissez tout.

Jean
Bien sûr ! Et vous, vous n'avez pas salopé votre mariage ?

Marie
C'est facile de donner des leçons de votre place.

Jean
Non c'est pas facile, pas plus que de se rendre compte qu'on s'est trompé. Qu'on se croyait plus fort que les autres, plus pur ! Et qu'à la vérité, les choses sont bien différentes.

Marie
Pur ? Vous me faites rire. Et maintenant, c'est moi qui souffre tout seule.

Jean
Allons, allons, je ne doute pas qu'il ne vous faudra pas plus de quelques jours pour me détester comme les autres, et pour des raisons différentes. Ne vous en prenez qu'à vous-même. Quand vous me détesterez, vous saurez que tout cela n'avait aucune importance.

Marie
Parce que ça n'aurait pas dû exister.
Et comment oublier ?

Jean
Il n'est jamais question d'oublier, il faudra juste vivre avec. Chacun a plus ou moins de choses avec lesquelles s'arranger. Chacun a plus ou moins de courage, de volonté. Chacun a sa faiblesse. C'est pour cela que c'est plus difficile pour certains que pour d'autres.
J'ai eu de l'affection pour vous, et même si ma place est facile, il me coûte de perdre celle que j'avais auprès de vous même si elle était fausse. Après tout, cela a existé à un moment donné, et quoi qu'on en dise, on ne pourra rien changer à ces moments-là.

Marie
Oui.

Jean
Et c'est pourquoi j'admire encore plus ma femme. Un jour elle m'a dit : *cela fait partie de ta vie, donc il faut faire avec.*

Marie
Vous avez fait partie de la mienne, et vous êtes en train de tout casser.

Jean
Je ne casse pas, je démonte. Nous avons construit une relation factice, et pour ne pas avoir à trop souffrir de ces sentiments, et de cette intimité que nous avons projetée, il vaut mieux essayer de chercher la racine du mal.

Marie
J'aurai encore besoin de vous.

Jean
C'est ça ! Besoin de ma patience, de ma gentillesse, de mes attentions, mais de moi ? Non ! Juste besoin. N'importe qui d'autre peut faire ça.

C'est comme avoir faim, on prend ce qu'on a sous la main, pas forcément ce qu'on préfère, pas forcément le meilleur. Juste ce qu'on trouve.

Marie
Ne dites pas ça !

Jean
Je préfère penser ça, sinon ce serait trop triste. Car au fond, chacun sait très bien ce qui va se passer.

Marie
Ah bon, vous êtes si clairvoyant que cela ?

Jean
Je ne vous donne pas cinq ans avec votre gorille, vous aurez détruit votre vie tous les deux, en détruisant celle de votre mari, de vos enfants. De vrais chefs de chantier avec vos bâtons de dynamite, ne manquent plus que les casques.

Marie
Vous êtes jaloux !

Jean
De lui non, je l'ai regardé patiemment. J'ai imaginé ses mains brutales vous déshabillant sans délicatesse, son corps musclé et disgracieux sur le vôtre. Mais je ne l'ai pas envié.

Marie
?

Jean
Non, j'étais jaloux de ceux qui vous portaient une autre forme d'attention, quelque chose de plus délicat, de plus personnel. J'étais jaloux oui, et ça me faisait souffrir. J'avais presque le besoin de croire qu'au fond…

Marie
Allez jusqu'au bout…

Jean
J'étais le seul qui comptait pour vous, qui vous comprenait qui vous soutenait.

Marie
Quel orgueil !

Jean
À chacun ses petites faiblesses.

Marie
Plutôt des petites bassesses puisque vous me désiriez.

Jean
Oui, c'est sûr. Mais je vous désirais tout en sachant qu'il n'y avait aucun risque. Je vous l'ai dit.

Marie
Vous l'avez dit bien nettement !

Jean
Oui, mais moi, je savais que je ne cèderais pas.

Marie
Comment en être sûr ?

Jean
Parce que cette situation je l'avais déjà éprouvée.

Marie
Avec votre femme ?

Jean
Non, avec une autre. Bien avant mon mariage, il y a longtemps

Marie
Et où était la différence ?

Jean
Celle-là, elle m'aimait tout bêtement. Elle voulait tout m'offrir, sa vie, son cœur. Tout me donner. Tout ! À quelqu'un qui ne peut rien recevoir puisque j'en aimais déjà une autre.

Marie
Elle était vénale ?

Jean
Amoureuse tout simplement. Tout l'inverse de vous. On aurait pu craindre que vous soyez vénale de me choisir parce que j'avais tout justement, talent, argent : un modèle de réussite comme vous disiez.

Marie
Et ?

Jean
Ben non, vous êtes juste terre-à-terre. Du muscle pour vous soulever, c'est ça qui vous transporte. Et un esprit pour vous flatter sur commande. Au fond c'est tellement plus facile, et ça met à l'abri les gens intelligents.

Marie
Et les moches.

Marie
Ça suffit. On s'est fait assez de mal comme ça ! Arrêtez !

Jean
Oui, au fond, vous avez peut-être raison. On peut toujours garder ce qu'il y a eu. Ça n'enlève rien à personne.

Marie
Ça n'enlève rien à ce qui s'est passé : des moments d'amitié.

Jean
D'amitié ?

Marie
Finalement, il faut penser avec raison que ça n'existe pas.

Jean
Il y a des gens pour qui rien n'est sacré.

Marie
Rien ?

Jean
Qu'est-ce que vous croyez ? Il faut se battre, toujours, sans cesse, pour garder ce qu'on a gagné.

Marie
Et c'est ce qui fait la saveur des choses.

Jean
Oui, mais vous, vous êtes oisive, lascive. Une couleuvre ! Ne vous étonnez pas de ne pas voir plus loin que le bout de votre museau : votre bonheur s'arrête là où votre ambition le place.

Marie
Vous êtes méchant. Vous finirez par perdre ma confiance.

Jean
Votre confiance ? Vous ne savez même pas la valeur que ça a. Ça n'a certainement pas le même poids pour ceux qui la donnent que pour ceux qui la reçoivent. C'est pour ça que ça marche si rarement. Tout ce que nous avons partagé, quand ça n'allait plus, vous l'avez livré en pâture aux loups. Tout autour de vous, juste besoin de tendre le bras pour montrer nos messages. Encore une intimité qui explosait. Ça ne pouvait pas fonctionner.

Marie
Je vous respectais.

Jean
Je ne crois, pas. Sinon vous auriez compris.

Marie
Compris quoi ?

Jean
Qu'il y avait certaines limites qu'on ne devait pas franchir. Et que la valeur de ce que nous avions partagé résidait dans l'intimité que nous gardions. En le partageant avec un plus grand nombre, la bulle éclate. Une bulle de savon dont il ne reste plus rien. Une petite auréole sur le sol. C'est si joli pourtant, irisé, fluide avant que ça éclate : une idée de bonheur. Si vous la laissez porter par le vent, elle s'échappe et vous la perdez de vue, imaginant qu'elle continue toujours sa course, toujours plus haut, plus libre. Plus personne pour la voir, mais ceux qui l'ont soufflée, ils savent qu'elle existe. Et si vous voulez l'attraper, elle vous pète entre les doigts.

Marie
Et les laisse collants.

Jean
Comme l'âme quand on en a une. Ce n'est pas si facile la vie quand on a du cœur.

Marie
Vous pensez que je n'en ai pas ?

Jean
Non, ce n'est pas ce que je dis. Il n'est peut-être pas placé au même endroit.

Marie
On n'a qu'une vie.

Jean
Ne vous cherchez pas d'excuses. C'est vrai, on n'a qu'une vie. Seulement il y a ceux qui croient que ça excuse toutes les libertés, et ceux qui pensent qu'elle est justement trop précieuse pour la gâcher. La sienne ou celle des autres.

Marie
…

Jean
Et d'ailleurs, quant à moi, comme je ne vous plaisais pas, vous m'adoriez sans sentiments… Comme on adore un livre.

Marie
?

Jean
Excusez-moi la comparaison est peut-être difficile à saisir. Moi, à ma façon, avec mon empathie, un poil de désir, même paresseux, une larme de compassion, je vous aimais d'une certaine façon. Bien mieux, bien plus profondément que vous ne pourriez jamais m'adorer.

Marie
Qu'est-ce qui fait qu'on aime ?

Jean
Ça serait tellement pratique de le savoir hein ? Savoir pourquoi on aime, pourquoi on craint pour l'autre, pourquoi la jalousie, l'empathie, le partage ? Ce serait trop simple. Savoir pourquoi, ça permettrait de défaire ce qui bien souvent se fait malgré nous. Ça ne coûte rien, c'est tellement facile, un sourire, un parfum, la couleur d'un regard et on est attrapé. C'est après qu'il faut travailler pour s'en débarrasser, pour détacher l'emprise.

Marie
Comme un cancer ?

Jean
Pas si loin. On croit que c'est bien, mais c'est tellement proche du mal. Il suffit d'une simple cellule pour que tout soit corrompu. Et alors c'est l'enfer.

Marie
Pour nous ?

Jean
Non pas pour nous. Je parle de la passion, de ce truc bien lourd, le cassoulet des sentiments, dont on garde les souvenirs collés à jamais au cœur et aux artères. Nous… C'était autre chose.

Marie
?

Jean
Un plat de trop sur le menu, une faute de goût.

Marie
On n'y a pas touché.

Jean
C'est vrai, vous n'en vouliez pas. Moi j'en aurais bien pris un peu, et j'ai cru héroïque de risquer la tentation.

Marie
Si j'en avais voulu, c'est vous qui auriez souffert, et pas moi.

Jean
Rassurez-vous, je souffre. Mais heureusement, on ne souffre pas pareil à dix-sept ans et à mon âge.

Marie
Mais on vibre moins !

Jean
Pas sûr. Mais il faut toujours souffrir un peu pour sentir le poids du sentiment. S'il est trop léger, trop facile, ça n'en est pas forcément. Et si c'est virtuel en plus !
Et pourtant au début c'était bien réel. Ces yeux, ce sourire, et cette impression de déjà se connaître quand je vous ai vue pour la première fois. Comme si un jour je m'étais trompé de train…

Marie
Pour arriver dans la même gare…

Jean
Mais avec un jour de retard.
Un temps
Un jour, un an… En terme de retard, une seconde suffit à tuer.

Marie
Au fond, qu'est-ce que vous faites là ? Là, maintenant, tout de suite. Avec toutes les horreurs que vous venez me jeter à la figure. Vous n'êtes venu que pour ça ?

Jean
Non. C'est vous qui m'avez demandé de venir. J'aurais pu refuser, mais j'avais envie de vous voir, vous voir au moins une fois dans la vraie vie. Seuls à seuls. Rien qu'une fois.
Un temps
Pour comprendre.

Marie
Comprendre quoi ?

Jean
Tout ! Ce qu'il y avait de trop, ce qui manquait. Toute les imperfections qu'il y avait entre nous et pourtant insuffisantes pour nous éloigner. Pas assez nettes pour vous oublier.

Marie
Pourquoi m'oublier ?

Jean
Ce serait plus facile.

Marie
Et bien je vous aiderai.

Jean
Je ne veux pas vous oublier. Il y aura toujours quelque chose entre nous, ce qui n'a pas existé, ce qui n'a pas eu lieu : quelque chose d'irrémédiable et de contrarié.

Marie
De contrariant.

Jean
Je ne me souviens déjà plus du son de votre voix, de votre parfum. Juste vos yeux votre sourire, un grain de beauté, une posture. En attente toujours. En attente de la vie. Mais pas de moi.

Marie
C'était impossible.

Jean
Et c'est justement pour ça que c'est bon de l'imaginer. Bon et cruel. J'ai tricoté une pelote de frustration, de désir tout autour de ce souvenir. Moins je vous vois, plus je voudrais vous voir. La part du virtuel augmente l'attrait. Vous n'êtes plus vous, vous n'êtes que l'objet de mes fantasmes : un prisme du réel qui me fait voir telle que vous n'êtes pas, mais bien telle que je vous désire.

Marie
Enfin, la vérité. On y est !

Jean
Oui l'amère vérité. Vous me demandiez si je souffre ? Oui, je souffre forcément. De votre absence et de tout ce qu'il n'y aura jamais entre nous. Ma jalousie, elle n'est pas pour ceux qui ont couché avec vous, mais elle est envers vous. Oui je vous envie d'avoir fait ce que je n'oserai jamais. Je fais le malin avec mes principes et je vous noie de paroles depuis tout à l'heure pour masquer le fond de mes sentiments. Oui, je vous ai aimée Marie, et je vous aime sans doute encore tout de suite, à ma façon. Plus je vous regarde et moins je comprends pourquoi. Et moins je comprends, plus je suis persuadé qu'il s'agit bien de ça. On l'a dit tout à l'heure : impossible de savoir pourquoi ni comment ça démarre. C'est quand c'est fait qu'on sait, et c'est déjà trop tard pour faire machine arrière. Alors si je me rassure en me disant que je souffrirai toujours moins que les deux autres, ça ne me console pas de perdre votre affection. Je ne sais pas ce que je perds avec vous, mais je l'imagine et c'est bien pire encore. Je perds tout, car je ne sais pas combien. C'est une fortune, un milliard, c'est inestimable : pour une nuit, une minute, un sourire, une caresse. Toutes ces choses que vous ne me donnerez jamais.

Marie
Il ne pouvait rien y avoir. Déjà pas de mon côté.

Jean
Laissez-moi finir ! Il y avait mille obstacles. C'est pourquoi c'est si exaltant d'imaginer ce que cela aurait pu être. Imaginer votre parfum, vos caresses, vos gémissements quand vous avez du plaisir. Imaginer votre intimité comme vous dites, sachant que cela n'arrivera jamais. Et vous en

vouloir pour l'avoir évoqué sans jamais me l'offrir, et m'en vouloir, car je sais bien au fond que j'en aurais été incapable et que ma vraie faiblesse à la dernière minute aurait été de ne pas oser. Et c'est bien cette faiblesse-là qui fait que je me déteste maintenant.
Un temps
Puis j'ai tout essayé pour oublier mes obsessions. Lorsque je vous trouvais belle, je détruisais vos charmes en me persuadant de la moindre éclisse de vulgarité. Je cherchais chaque instant où vous pourriez m'agacer par votre suffisance ou votre égoïsme... pour vous les pardonner l'instant d'après. J'en espérais même vous détester tout entière pour ce que vous représentiez : ce double interdit. Celui de votre corps et celui d'une infidélité dont j'étais incapable. Ma femme peut dormir sur ses deux oreilles, ce jour qu'elle craint tant n'arrivera jamais. Jamais je ne poserai mes lèvres sur d'autres lèvres que les siennes. Vous avez raison, je suis peut-être trop lâche pour ça. Mais surtout trop amoureux d'elle ! Et trop veule aussi parce qu'il m'est arrivé d'avoir envie de le faire avec vous.
Marie tente de parler.
Ne m'interrompez pas, puisque vous vouliez savoir !
Réjouissez-vous du mal que vous avez provoqué ! Un autre supplémentaire dont vous vous passeriez bien. Pas en action alors, c'est certain, mais en pensées je vous ai imaginée nue, vous dévoilant pour moi, vous repaissant de ma soumission. Et la frustration toujours venait gonfler le désir. Vous n'existiez plus que comme un fantasme inaccessible dont la force d'attraction ne faisait que grandir. Tout ça pour un être virtuel !
Alors, ne me parlez plus d'amitié, j'en suis parfaitement indigne. La vôtre était sans doute plus sincère que la mienne. La mienne s'est perdue. Elle a fait l'école buissonnière pour se transformer en ce que vous savez. Votre Hokhem, votre grand mentor, qu'est-ce qu'il devient maintenant ? Un pervers ? Un frustré, aigri, mauvais. Et surtout seul ! Seul avec ces images ! Au fond je n'avais pas d'idée de ce dont nous étions capables tous les deux. Et sans avoir essayé, je n'aurais jamais pu être sûr que vous n'auriez pas voulu de moi. Et s'il y avait eu dans la réalité cette même correspondance que dans le virtuel ? Après tout, qu'est-ce qu'on en sait ? Et ce soir, je suis là devant vous et je vous parle, comme je ne pensais pas que je vous parlerais un jour. Même si je ne suis venu ici que pour ça. Vos histoires de coucherie ne m'intéressent pas davantage que vos états d'âme. Ce que je voulais c'est vous...

Marie
Vous me dégoûtez !

Jean
Bien sûr, ça aussi c'est facile. J'ai essayé moi aussi le dégoût, mais je n'ai pas pu. Preuve supplémentaire s'il en fallait qu'il se passait autre chose

qu'un bête désir. J'avais des envies de tendresse. Je ne me suis pas contenté d'imaginer le parfum de votre sexe, non. J'ai rêvé et peut-être plus fort encore d'un réveil près de vous, de ce cadeau supplémentaire que s'offrent les amants au premier matin, pour découvrir la réalité des choses. Tant qu'on garde les yeux fermés, on en doute encore un peu. J'ai rêvé d'un rayon de soleil sur votre peau nue et endormie. J'ai rêvé d'une simple caresse, d'un mot. Juste une fois. Mais cette fois-là n'aura pas lieu. Car elle est illégitime et ouvrirait la porte sur un vide encore plus grand. J'ai rêvé de votre main dans la mienne tout simplement, comme si elles n'avaient jamais été façonnées autrement que l'une pour l'autre.

Un très long silence

Marie *craintive*
Et ?

Encore un silence

Jean
C'était avant, c'était dans l'autre monde. Et maintenant que vous êtes là, devant moi, je me rends compte que mes fantasmes ont bien peu d'épaisseur devant la vérité toute crue. Vous n'êtes pas si désirable, ni si aimable non plus. Il n'y a plus d'épaisseur, mes rêves sont futiles. Ils n'auraient même pas dû exister. Mon désir est boiteux de votre réalité.

Marie
Vous êtes fou. Je ne veux rien croire de tout ça.

Jean *hoche la tête*.
Mais si Marie. Mon désir est boiteux et c'est pour cela qu'il fait mal.

Marie *ironique, elle n'y croit pas*
Un morceau de désir, une part de tendresse : quelle cuisine !
Un temps
Et comment comptiez-vous payer tout ça ?

Jean.
Ah oui, c'est vrai ! Car pour vous tout a un prix.

Marie
Salaud !

Jean *cynique*
Oui je les aurais payées ces emplettes… Alors, disons : au poids des sentiments.

Marie *semble fléchir*
Les sentiments, au fond on y revient. Même si vous ne vouliez pas.

Jean reste imperturbable

Marie *fond en larmes*
Et puis non, je ne peux pas croire ça ! Vous dites n'importe quoi ! Tout ce déballage, c'est obscène. Vous ne dites ça que pour me faire peur. Juste pour essayer de me prouver que vous avez raison. Vous n'êtes pas comme ça, ce n'est pas vous !

Jean
Peut-être que si dans la vraie vie.

Marie
Mais… mais il y avait autre chose, n'est-ce pas ? Autre chose que toute cette boue !

Jean
Allez savoir ? Je ne suis pas sûr de savoir moi-même, mais vous… vous garderez un doute. Pensez ce que vous voulez, croyez ce que vous pouvez, ça ne changera rien à la fin.

Marie
Je ne pensais pas que ça finirait comme ça.

Jean
Ce n'est jamais fini. Il y a toujours le souvenir.

Marie
La nostalgie ?

Jean
C'est le refuge des pleutres. Ça empêche de voir devant.

Marie
Alors, arrêtez de regarder derrière.

Jean
Je ne regarde pas derrière, je vous regarde simplement. Je n'en peux plus de vous regarder.

Marie
Et qu'est-ce que vous voyez ?

Jean
J'aimerais parfois vous voir sans vous entendre. Vous sentir sans vous écouter. Vous êtes un tableau dans une galerie. Une toile où l'on voudrait se plonger en silence, en espérant y entendre les propres battements de son cœur. Un endroit secret où l'on peut venir de temps en temps, seul. Mais qu'on n'ose pas ramener avec soi de peur de le corrompre.

Marie
Je ne vous comprends plus.

Jean
Il n'y a rien à comprendre et vous le savez bien. Il y a juste à sentir, c'est ce que vous faites le mieux pourtant. Vous n'êtes pas sensuelle, juste sensitive. Et je ne peux pas imaginer que vous n'avez pas compris ce qui se passait. Et vous avez laissé faire, et je vous en voulais. Et plus je vous en voulais, moins je comprenais. Moins je comprenais, plus je vous désirais. Mais je sais au fond pourquoi vous n'avez rien dit. Comme tout le monde, vous défendez votre assiette. Chacun essaie de gagner sa croûte de bonheur tant bien que mal. Il y a ceux qui font attention à leurs voisins, et puis il y a ceux qui mettent les coudes sur la table. Vous m'aviez comme confident, comme ami, et vous aviez décidé que tout cela serait gratuit de toute façon. Et tant que je ne disais rien, il était facile de faire comme si vous n'aviez rien compris.

Marie
Et vous ? Pourquoi n'avoir rien dit plus tôt alors ? Pour que les choses soient claires !

Jean
Je n'en sais rien, au fond vous êtes tellement maladroite qu'on a du mal à vous en vouloir. Et puis restait une hésitation, et je ne voulais pas être confronté à la possibilité d'étancher mon fantasme. Il restait encore le doute du courage. Tant qu'on n'a pas subi le feu, on ne sait jamais ce que l'on vaut.

Marie
Mais vous l'aviez éprouvé avec une autre ?

Jean
Oui, une autre. Qui n'était pas vous. Chaque combat est différent. Chaque ennemi est plus ou moins coriace. Et je crois hélas, que vous l'étiez davantage que la première. Je m'en rends compte maintenant. Quelque chose m'a touché chez vous, dès le début je l'admets. Et il est toujours plus flatteur d'être admiré par une belle femme que par un laideron.

Marie
?

Jean
Mais il est encore plus avantageux d'être admiré par une femme intelligente. Et si en plus elle est belle, alors on a tout gagné.

Marie
Merci.

Jean
Je ne parlais pas de vous, désolé. Je parlais de ma femme, je lui dois tout. Elle m'a pardonné.

Marie *vexée*
Sans savoir au fond combien vous êtes veule. Vous ne lui direz jamais en face ce que vous venez de me dire. Vous n'oserez pas. Alors, vous resterez avec vos regrets, avec votre frustration. Oui bien seul, il est vrai. Car des horreurs pareilles, à qui les raconter ? Et qui pourrait comprendre ?

Jean
Ça n'enlève rien à la mansuétude de ma femme. Je lui ai fait autant de mal que si je l'avais trompée, je le sais. Et elle m'a pardonné en conséquence. C'est la force des grandes âmes.

Marie
Mais… vous me trouvez bête ?

Jean
Vous ? Vous n'êtes pas bête, mais votre intelligence ne vaut pas ce que vous en pensez.

Marie
Qu'est-ce que je suis censée comprendre ?

Jean *sentencieux*
Rien du tout. Justement.

Marie
Vous êtes si malheureux ?

Jean
Non. Une simple curiosité contrariée, ça ne peut pas faire si mal. C'est ce dont je voudrais me persuader. Ce serait si simple. Et comme au fond, je sais que je n'y aurais pas goûté même si vous y aviez consenti…

Marie
Ce n'était pas de la curiosité alors, mais de l'orgueil.

Jean
Même pas, ou alors je ne l'avais pas placé assez haut.

Marie
Comment cela ?

Jean
J'aime ma femme davantage que je m'aime, alors il m'est impossible de la sacrifier à mon orgueil. Vous c'était l'inverse.

Marie
Arrêtez de parler par énigme, vous n'êtes pas tout seul !

Jean
Oui. Moi je ne compte pas, je n'ai jamais compté que dans votre vie virtuelle, ce petit manège à un autre niveau pour étoffer la pauvreté de votre vie.

Marie
Vous redevenez méchant.

Jean
Non, quand je parle de pauvreté, je parle de celle que vous imaginez. Vous avez besoin de vous échapper dans le virtuel, figée derrière votre écran, me guettant, en guettant d'autres, en imaginant qu'ils vous apporteront ce qui vous manque.

Marie
Rien ne vous manque vous ?

Jean
Qui peut se vanter de tout avoir ? Il suffit d'être conscient de ses propres richesses. C'est ce que vous avez fait pour moi, et que je ne peux plus faire pour vous. Vous aviez besoin qu'on s'oppose à vos contradictions. *Je ne suis pas belle, je suis grosse, pas intelligente.* Si vous l'imaginez, si vous le dites, c'est que vous ne le pensez pas. Autrement, c'est la honte qui vous

étouffe. Vous avez juste besoin que l'on vous le dise ; *vous êtes belle, vous avez du charme, mais non vous n'êtes pas grosse…*

Marie
C'est vrai.

Il y a un long silence. Jean dévisage Marie. La regarde de haut en bas, comme s'il la déshabillait. Elle le laisse faire s'en rien dire.

Jean
Je vous regarde en imaginant quel désir a pu me donner cette fausse impression. Au fond, vous ne me plaisez pas. J'ai aimé nos échanges qui n'étaient que virtuels. C'est comme si j'avais dit : *je vous désire parce que le souvenir de vos yeux, de votre sourire suffit seul à vous faire exister.*

Marie
C'est pas vrai ?

Jean
Plus maintenant !

Marie
Virtuellement sincères alors.

Jean
Virtuellement sincères ! Et coupable !

Marie
Nous ?

Jean
Non, moi.

Marie
Oui, vous ! Vous seul. À aucun moment je ne vous ai vu autrement que comme un ami, un proche, un soutien. J'ai peut-être abusé de votre patience, de votre confiance, mais je ne vous ai jamais menti lorsque je vous faisais comprendre que je ne vous désirais pas. Vous, vous n'avez fait que ça, tout le temps, et avec tout le monde.

Jean
Vrai !

Marie
C'est la différence entre les hommes et les femmes : une femme sait parfaitement ce qu'elle ne veut pas. Vous les hommes, ne savez pas vraiment ce que vous voulez !

Jean
Belle leçon !

Marie
Oh, vous savez finalement, je crois qu'à votre place je ne paraderais pas trop.

Jean
Je ne tromperai jamais, c'est ma seule défense.

Marie
Parce que pour vous tromper, c'est coucher ? Juste ça ? Alors que justement vous disiez que coucher n'est pas aimer. Il faudra que vous m'expliquiez un peu mieux alors. Vous avez fait bien pire au fond. Moi j'ai trompé, et alors ? Je l'assume ! Et je ne m'en vais pas pour autant donner des leçons aux autres sur leur conduite. Mais finalement, je vous comprends avec vos conseils pour évincer Jules. Vous avez raison, c'est sans doute celui auquel je tiens le plus, même si ce n'est pas forcément pour les bonnes raisons. Alors, vous éliminez celui qui est le plus dangereux. Une basse vengeance de frustré… de jaloux !

Jean
Pensez ce que vous voulez, ça ne change plus rien.

Marie
On est si loin maintenant.

Jean
C'est pour ça que ça ne pouvait pas marcher.
Un temps
Le plus dur est de s'abandonner…

Marie
Vous n'abandonnez rien, sinon vos illusions.

Un temps. Ils se regardent, se jaugent, presque avec tendresse maintenant.

Jean
Marie…

Marie
Mon Hokhem… Vous le restez tout de même. J'avais de l'affection pour vous et je ne peux la laisser comme un manteau au vestiaire. J'ai froid, je la garde.

Jean
Encore, une image, un symbole qui nous dépasse.

Marie
Quand bien même n'y aurait-il plus que cela…

Jean
Que restera-t-il d'autre ?

Marie
Des souvenirs pour moi, de la frustration pour vous.

Jean
Vous me laissez bien plus, malgré vous. Vous avez redonné le lustre terni à ma propre richesse. Et je ferai tout maintenant pour mériter davantage l'amour de ma femme. Chaque jour. Chaque matin c'est sur elle que mon regard s'éveille… et mon bonheur avec. Car chaque matin avec elle est une nouvelle victoire. Et ma main n'a d'autre refuge que la sienne, elle n'en attend pas d'autre ! Une victoire sur les peurs et sur les tentations. Elle a vaincu votre image, et elle n'aurait jamais dû vous craindre puisque vous n'étiez qu'un fantôme. Ce sont ses doutes qui m'ont fait hésiter. C'est elle qui me sauve et me donne chaque matin l'énergie nécessaire, comme un mouvement perpétuel. Vous n'étiez qu'un grain de sable qu'on a placé trop près.

Marie
Et moi, je devrais finir seule si je vous écoute ?

Jean
Quelqu'un comme vous ne peut finir seul… Et puis vous avez vos enfants.

La lumière baisse un peu. Ils regardent en l'air tous les deux comme s'ils attendaient quelque chose.

Marie
J'ai froid…

Jean se rapproche de Marie.

Marie
Non ne me touchez pas. Ce ne serait plus pareil.

Jean
Comment ?

Marie
Vous le savez très bien. C'est le moment du naufrage à la fin du film. Chacun d'un côté ; il n'y a plus assez de place dans la chaloupe. Il y en a un qui doit rester dans l'eau. Mais si vous me tendez la main, si nos doigts se touchent... Vous savez ce qui va se passer...

Jean *se rapproche encore*
Marie... Je

Marie
Non, reculez ! Ce n'est pas possible. Ça doit finir maintenant, comme c'est écrit. C'est triste, c'est beau peut-être, pour nous et nos souvenirs, les seules choses qu'on aura encore à partager.

Jean
Mais on ne risque rien, puisque je ne vous plais pas.

Marie
Et qui vous dit qu'au moment où vous serez inaccessible, vous ne commencerez pas à me plaire... terriblement ? Qu'est-ce que j'en sais moi-même ? Vous ne serez plus le même, je serai une autre. Sans mon Hokhem, qui sait ce qui peut m'arriver ?

Jean
Marie, non !

Marie
C'est inutile. C'est programmé. Vous avez votre vie, je vous envie, vous admire. Dites-vous que la mienne est à refaire et que vous n'y pouvez rien, même si vous aviez imaginé y prendre un rôle faussement innocent.
Un temps
Partez avant que je ne vous aime !

Jean *doucement*
Marie.

Marie
Et ne m'appelez plus comme ça, comme un enfant perdu. C'est moi qui suis perdue. Et c'est moi qui dois être la plus forte maintenant.

Un temps

Marie
C'est la fin, je pars.

Jean
Vous savez ce que je pense.

Marie
Vous m'oublierez…

Jean
Ça ne change rien.

Marie
Le plus terrible c'est d'avoir frôlé l'intimité et de devoir l'abandonner.

Jean
Chaque blessure garde sa cicatrice. Nous avons eu nos parts d'émotion comme une part d'humanité : c'était la seule monnaie d'échange, mais avec de faux billets… Le Monopoly du cœur…

Marie *elle ne l'écoute plus*
Adieu !

Jean
C'est moche de finir comme ça.

Marie
Je… *Je vous aide…*

Marie sort, laissant Jean seul, perdu. Le noir se fait progressivement.

Un enfant *en voix off*
Dis, monsieur, qu'est-ce que c'est un Hokhem ?

Jean *qui disparaît dans l'obscurité*
Rien, une chimère.

Rideau
Et fin

Du même auteur :

Romans

    M@il à Élise
    L'Harmattan 2009

    Civic Instinct
    Les 2 Encres 2010

    3ème Section
    Les lettres ligériennes 2012

    Facies Delicti
    L'Àpart 2014

    Palliatif
    L'ivre-book 2014

Théâtre

    Le bruit des autres (collectif)
    Flammarion 2012

Histoire

    Rages de dents !
    Dictionnaire des remèdes et superstitions
    L'Àpart 2012

Site
www.jbseigneuric.over-blog.com

Contact

f : Jean-Baptiste Seigneuric